墓場の薔薇《しょうび》

泉原 猛

創風社出版

エゾビタキ（「くすのき、秋の日」）/ 画：渡辺奈央

表紙カバー・口絵担当者略歴

渡辺奈央（わたなべ なお）
1993年（平成5年）2月25日　愛媛県今治市生まれ
2015年（平成27年）愛媛大学理学部卒業
現在、出版社勤務

〔所属〕
日本ワイルドライフアート協会（2013年〜）
日本野鳥の会　(2002年〜)
NPO 森からつづく道（2012〜）

墓場の薔薇　目次

墓場の薔薇

一

　夏の盛り、源次郎谷で焼身自殺があった。その人がわたしにゆかりの人物と知ったのは、あまりにも後になってからであった。この小さな旅が、それを明かす結果になることなどもちろん想像だにしなかった。わたし自身、足元に開いた不吉な暗闇を通して、来し方を振り返らねばならぬなどとは予測もしなかったことである。

　プラットホームに足をつけたとき、地面が揺れたようだった。列車が止まりきっていなかったのか、とも思ったがそんなことはありえない。駅前のバス停に出てポールの時刻表を見上げる。軽いめまいがした。五月の空の眩しさのせいだと、わたしは思っていた。

　連絡バスまでに二時間。滝山村には今日中につけばいい。急ぐ必要はないが、どこかで時間つぶしが必要だ。「四国八十八ヵ所札所浄福寺まで徒歩十五分」との案内板が目にとまる。近づいてみれば略図もある。大木の繁る境内の涼しさを思い、歩き始める。駅の正面に真っ直ぐ、道は山の手に向かってわずかな上り坂である。その突き当たりは旧街道か古びた木造の屋敷が軒を並べていた。街道に沿って右に回り込めば寺の参道だった。わたしは滝山村でも寺を訪ねる予定である。そこは札所ではない。叔父に頼まれた唐沢家本家の墓を見てくる件、そして寺に挨拶してくる件、これが主とした用件である。中学を出るまでわたしは滝山村で過ごした。数十年ぶりの訪問に幾らかのときめきがあった。

浄福寺の境内は意外に明るい。団体のお遍路、一般の参詣者、どちらも多い。静寂などには遙かに遠い。お遍路が身につけている鈴の音がなぜか耳につく。早々にお参りをすませる。広くてゆるやかな石段を下りはじめたとき、わたしの体はいきなり大きく傾いた。はずみに傍らのサツキの株にもたれかかろうとして空をつかんだ。剪定された一枝の切っ先が右肘に突き刺さった、と思った。手にしていた上着とバッグが派手にとんでいた。

腰を降ろし、肘を見る。長く皮膚をこすった擦り傷が出来てその一部から血がにじんでいる。傷は思ったより浅かったが、初めて自分の体が尋常でないことに気づいた。首から上のあたり、頭部は浮遊するかに感じられながら、足元に近いほどけだるい重さがまとわりついている。昨日の祝賀会も、いやそれ以前もそれほど無理をしてはいない。五十五歳で退職のあと、叔父の会社に再就職して五年近い。手伝い程度の仕事で、むしろ楽をさせてもらっている。今回も一昨日東京を発ち、昨日は取引先のM市支店の開店祝賀会に叔父の代理として出席しただけである。そして今日、滝山村に向かったのだから体に無理がかかっているとは思えない。

山門を出て右に折れると、桜並木の道沿いに旅館の看板が見えた。広いガラス戸の玄関に「旅館花屋」とある。どこにも今様の新しさは見当たらないが、質素で柔らかな、木の感触に恵まれた造りだ。

玄関に入ると中庭の緑が眩しかった。女性が二人、応対に出た。逆光の強さに、またまめまいを起こすのではないかとおそれた。わたしは、突然で恐縮だが疲れたので休憩を、と請うた。

「あれあれ、早くお上がりになって」

用件を言いおわるよりも早く、おかみはわたしの袖口の傷を見つけていた。その時わたしはおかみの顔をほとんど見なかった。もう一人の女性が二階の奥まった部屋に案内してくれる。その家の娘さんのようだ。傷の手当てを命じたおかみに、お母さんと応えていた。静かに、丁寧に、しかもてきぱきと手当てをしてくれる。その娘の細くて白い指がわたしの腕に触れるたび、非常に冷たく感じられた。聞いてはみなかったものの恐らく直前まで水仕事をしていたのであろう。いたって優しい、腕のいい看護婦に手当てを受けているかの錯覚をおぼえた。

彼女は「軽いお怪我でよかったです。でもお熱があるようです、ちょっと失礼」と言いざま、わたしの額に手を当てた。冷たくて気持がいい。「体温計すぐ持ってきます」

それから数分後、わたしは柔らかい蒲団の中に横になり、氷の枕までしてもらって完全に病人のありさまであった。熱は三十八度近い。気が張っているのか足がだるく感じられるだけで病気だという気分からはほど遠い。しかし発熱は最近経験したことのない値だ。やはり旅館ではなく病院を探すべきだったのか。

「うちのお母さん特製の疲労回復剤です」

彼女はコップに入れた温かい飲物を運んできた。琥珀色をしていて口当たりがいい。

「気分はどうですか？　どこか痛むところないですか？」と彼女は枕元で尋ねる。今度は女医の問診を受けている場面だ。わるい気はしない。むしろいい気分、と答えたくなって、これは年輩者の悪いくせだと気づいて口をつぐむ。迷惑をかけている気兼ねから、これからどうしたものかとその方が気になる。

「わたしは花子といいます。花屋の花子です。ちょっと古風な名前ですけど覚えやすいでしょう」とおどけて見せ、そして何でも遠慮なく言いつけること、遠慮すると回復が遅れます、などと宣言するように言った。

どこか近くに病院でも、と尋ねるわたしに、特別の病気でなくて、ただお疲れだけならどこの病院よりもこの〈花屋病院〉が一番、お母さんは昔からその道の名医のようなもの、熱が下がるかどうかしばらく様子見てみましょう、と彼女は手慣れている。

三十歳前後と思われる彼女の落ち着いた言葉やしぐさに、わたしはなにかしら懐かしさを覚えるのだった。

琥珀色の飲物の効果か、身体中がすっきりとしてくる。いま少し彼女と話がしてみたい。お遍路のことを訊いてみる。

団体や自家用車の方のためにお寺が今大変なこと、大型バスの駐車場作りに、大事な年代物の木も泣く泣く伐ってしまったところもある。宿坊も立派なものに建て替えられ、さらにホテルの如き遍路宿も多くなった。トイレ、食事、寝具、サービス等々、最近の変わりようは激しいと彼女は説明してくれた。時代の趨勢で、昔ながらの歩き遍路さんは不便だ。お堂の隅など仮の宿の場所もなく、テントを張ることすら断られるようになってしまったのだという。

独りで歩く人、以前ほどではないにしろ少なくはない。本当に疲れてしまって立ち寄る人が年に何人かいることなどを知った。親切な扱い、手際のよさなど全て、その背景に彼女の経験の豊かさがあったのだ。

「今日のご予定はどうだったのですか、お泊まりの予定先きかせてください。今夜はどうかうちでゆっくりなさってください」

わたしは予約している滝山村の曙旅館を告げた。花子さんは、じゃ、母に電話させましょう、と言った。次いで、お宅の方もよろしければ連絡しておきましょう、会社の方も合わせてどうですか、とこれはまったく優秀な秘書というほかない。

その後、わたしは少しまどろんだようである。彼女がそっとやって来た。

「会社のほうは社長さんが出られまして、久しぶりのふるさとだから四、五日ゆっくりして来いとおっしゃってました。こちらのご出身ですか？」

わたしは滝山村の生まれだと言った。それはそれは、と笑顔を見せた。階下からは明るく元気な声が流れてくる。

「うちの電話はよそに聞こえて困りますね。なにしろ古い間取りですから。いま母が曙さんにかけています。耳につくでしょうが、我慢して少しおやすみになってください」と言って降りていった。

わたしは眠りつけなかった。内容は分からないがおかみの電話が終わらない。向こうとなにかまずいことが起こったのではないか。気にしながらいつのまにか眠りに落ちて行ったようだ。

目覚めたとき、花子さんの足音がした。長い初夏の日はまだ暮れていない。ガラスを通して見る窓の向こうに、黒々と繁る杉林の斜面が近い。あたかも家族の一員、というような笑顔を見せて花子さんが入ってきた。食事は食欲がないのでと断っていたのだが、消化のいいもの作りました、なにも食べないと良くないです、これも母の特製です、と瀟洒な感じの箱膳が出された。一度、熱を測られるといいですね、と体温計を手渡される。先程の電話のことを尋ねてみた。やはりそうだったのですか、と彼女は笑いながら答えた。

「曙旅館のおかみさんとは同級生なのです。めったに会わない仲でもないのに長話が好きで。忙しい忙しいと言いながら、年をとるにつれ益々ひどくなるようです」

熱は七度八分、そう悪くはなっていない。気分も落ち着いたので食事をいただくことにした。彼女は階下へ降りていった。

食べながら、また考えた。花子さんから受ける不思議な印象、それはどこか淡い哀しみをにじませたもののようにも思える。

花子さんが上がってきた。熱いお茶を入れてくれる。あまり構ってもらうと気の毒だといえば、気にしないでください、滝山村生まれで、母と同年代ならば特別です、と言った。わたしはふと思いついて尋ねてみた。滝山中学を卒業して以来ずっと東京で、正確には埼玉から都心通勤だが、あなたとはどこかで会ったような気がしてなりませんと。彼女は、大学の四年間東京だったが下宿は学校の近くだったし、すれ違ったことくらいはあるかもしれませんね、と笑っている。

頻繁に通った特定の場所を思い出してみた。

「目黒の自然教育園、ご存じですか？」

「知ってますとも、上京当初たびたび入りました。田舎出のせいか、あそこが気に入って、独りで静かに歩くだけでしたけど」

都会の子に田舎の自然を知ってもらう目的で、野山の状態をありのままに保っている公園だ。確か二百名までの入場制限だったように思う。わたしもよく利用したものだが。しかし花子さんとは時期も違っている。

「それにわたし、急にやめてしまいました。独りでは目の毒になる場面に行き当たることが多くなって。ほんとの田舎とはずいぶん違うことですよね。それとわたしも彼氏が欲しくなったのかな」

と花子さんは笑った。

そのとき、彼女の笑い声に被さるように、杉林の方から誰かが笑ったような気がした。弱々しく密やかな、つい聞きもらしそうな声だった。確か二度聞こえた。も一度聞こえたら彼女に訊いてみようと思っているうち、お膳をさげて降りていってしまった。

　窓外の杉林に夕暮れの気配がしのび寄る。奥まった山際のこの部屋からまず夜が来るのだろう。遠くで鳴いているのは春蝉か。あの笑い声のようなものは一体何だったのか、などと考えているうち、わたしは深い眠りに落ちて行ったようだ。

　夢はほとんど見なかったように思う。目覚めたのは自分の心臓の鼓動に呼び起こされたのであった。容易ならぬ事態だとすぐに判った。心臓は胸部全体を激しく突き上げていた。脈拍数を推し量る。百を超えているだろう。不思議と苦しさがない。部屋の中はすっかり暗くなっていた。階下には人の気配もする。忙しそうな動きのようにもとれる。まだ宵の口なのだろう。じっと心臓の動きを聞いていると急に怖くなってきた。突然このままストップしてしまうのか。花子さんを呼ぼうか、いやそうしたところでどうなる。救急病院？　それほど大袈裟な事態か。痛くも痒くも気分が悪いというのでもない。ただ心臓だけが大袈裟なのだ。しばらく様子を見よう。目覚めたばかりということも原因かもしれぬ。

　そのうち、たびたび階下の動きを気にしている自分に気づいた。やはり逡巡しているのだ。暗闇で心臓の存在ばかりが明確過ぎる。今にも停止するかもしれない。五分先？　いや数秒後？　やはり救急車ものなのかも知れぬ。いまここで絶命すれば——まずこの旅館に迷惑をかける。会社の方はどうということもないだろうが、家族は——子供は一応自分たちでやっている。家内も遺族年金と保険金で食ってはいけるだろう。「主人がいなくなってからが華よ」などという五十代主婦連中の合言葉があるらしい。妻孝行になるのかも知れぬ。自分の人生がここで終点とすれば、場所としては悪くはない。迷惑だろうが花子さんは優しかった。旅の途中ではあるが、人生は全てそうだとも言えよう。静かで心安まる時間、空間、そして時季、わたしにはふさわしいだろう。年齢としては若死、といわれるか。

階下で食器の触れ合う音がしている。時刻が気になってきたが、明かりを点けたり時計を見る気力はない。

自分の人生には渾身の力をこめたときがなかったような気もする。全体として平板だった。それはそれで恵まれたことだったのか、それとも実りのないことを意味するのか。〈熟した〉などと言える自分ではない。こんなことは日頃考えても見なかった、ということだけが、いまはっきりしている。心臓が躍り狂っているというのに快適なくらいで、気分が悪くなったりしない。それがかえって不気味だ。トントントントン、囃し立てているように機嫌がいい。これだけエネルギーを使っているのだから、いずれはエンストがやって来る。いまのうちになんとかすべきなのだ、とは思うのだが。

階段を上ってくる足音が聞こえた。花子さん？　いや一人ではない。「唐沢さん、失礼します」と花子さんの声がして部屋の明かりが点いた。つづいて入ってきたのは白衣の医師と看護婦だった。

「断ってからと思ったのですけど、よく眠ってらしたから。それにお熱があるようでしたから勝手させてもらいました」

知らぬまにまた額の熱を見られたようだ。しかしうれしかった。医師はわたしよりは年輩であろう。看護婦ともども、にこにこ笑っているような表情が意外である。花子さんはすぐ席をはずした。

「三十九度ありますね、心臓も頑張ってます。最近健康診断をうけたことは？」

「今年一月、ドックに」

「どこか悪いところ、ありました？」

「中性脂肪がちょっと高くて。それにヘリコバクターピロリ菌が、退治できたばかりです」「なるほど。まず、風邪のウイルスでしょう。安静にしてればなおります。注射とお薬出しておきます。ここの人に取りにきてもらいます」

わたしがいささか恐縮していると、温厚な表情をくずして医師は言った。

「ここのおかみさんは女弘法と言われるくらいです。甘えておきなさい。いまごろ往診している医者なんか信用しがたいでしょうが、腕は確かですぞ。おかみさんと花ちゃんには、どんな無理でも聞いてあげたいのですわ。保険証もってますか？」

バッグを看護婦さんに引き寄せてもらい保険証を渡す。「お薬と一緒にここの人に返しておきますから」と看護婦。「わしも、お遍路さんを随分診させてもらいました。このまま死なせてくれと言った人も何人かいましたな。あなたはお遍路ではないようですな、ははは」

気さくな雑談をしながら後始末をし、花子さんに送られて二人は帰って行った。時計を見ると十時を回っていた。

しばらくして花子さんが薬と保険証を持って上がってきた。明日の朝、まだ熱があるようなら連絡するようにとのこと。重々お礼をいうわたしに、うちでは当たり前のことです、母の生き甲斐のようなもので、ご存知でしょうか〈お接待〉です。ポットに熱い湯が入っています。こちらは冷たい白湯です。水分はしっかり摂る方がいいこと、それと着替えの洗濯物ありましたら、今からやっておきます、と彼女の対応はてきぱきとして優しい。医者の言葉を思いおこし、すっかり甘えることにする。「素直なご病人で助かります」と彼女は冷やかしを言ったりしている。


霧の深い山道だった。白い装束のお遍路が一人、いまにも霧の中へ消えていこうとしていた。それは幼子のようにも見える。確か、あの子、小学校入学の日、ずっと寝たきりで出席できなかった川向こうの農家の女の子、母とわたしが饅頭二つと学校からの預かり物を持っていった。聞きとれないくらい小さい声で「ありがと」と言った。だが何日も経たぬうちに死んでしまった。桜吹雪の中を葬列が進んで行くのを見た。あの子が霧の中を向こうへいく。追いつこうとあせった。しかし足が重い、というよりも、いつの間にか力一杯、車のアクセルペダルを踏んでいる。だが前に進まないのだ。何故かフォロロロロ……と頼りないふぬけたエンジンの響きがするだけだ。振り返った幼子が、花子さんの顔をしていた。急いで呼びかけようとしてもフォロロロロ……という音が出るばかり、わたしは声も失ってしまったのか……。

目覚めたとき窓の外は明るくなりはじめていた。奇妙な夢だった。ため息をもらしたとき、あの「フォロロロロ……」が聞こえた。それも窓のすぐ近く、しかもはっきり大きく。それはすぐに繰り返された。たよりなく立ち上がるように始まって、消え入るように弱まっていく。昨日聞いたあの笑い声の正体、夢の中のふがいないエンジンの音。近くで聞けば笑っているなどというものではない。泣いているような、嘆いているかのようなふるえ声だ。始まりも不安げだが、その息絶えて行くようなデクレッシェンドはこちらの心中まで震わせる。少しずつ移動しながら、裏山の上の方に消えて行った。電灯を点け、ポットでお茶をついだ。湯飲みに二杯も一気に飲み干した。体調は悪くない。熱も退いたようだ。

花子さんがやってきた。大分楽になったことを告げると、「じゃ、おいしい朝ごはんを出しましょう」と明るく言ったあと、半ば命令調で続けた。「今日は一日ここでお休みですよ、社長さんの許可も出ているのですから。曙さんにはまた母の長電話で行きましょう」

いろいろ考えなければならぬこともあるように思えたが、花子さんにしばらく甘えてもいたい。

あの変わった鳴き声の主を訊いてみる。

「あのキョロロロロという声でしょう。あれは鳥なんです。全身真っ赤な鳥です。テレビで見たことありません？　アカショウビンという鳥」

そういえばそんな記憶はある。しかし声のことは知らなかった。変わった声だがいつもここにいるのかと尋ねると、夏の間だけ、夕方や明け方、それに天気の悪い日によく鳴くのだと教えてくれる。わたしが滝山村にいた子供のころには聞いたことも見たこともなかった。珍しい鳥なんだろうかと訊くと、「少ない鳥らしいです。滝山村にも昔いたそうです、今はどうでしょう」そう答えた彼女の表情が少し曇ったのを、わたしはほとんど気にとめなかった。

「随分近くで見たことがあるんですよ」と彼女は弾んだ口調で言った。「浄福寺さんのお掃除手伝っていたとき、何年くらい前になるかなぁ、裏庭の池のそば、低い枝に止まって、箒を使ってるわたしのほう見てるんです。くちばしから爪の先まで真っ赤、そう目玉だけが真っ黒。緑の葉っぱの中に真っ赤だなんて、この世のものでないような不思議な気分になったのを、いまでも思い出します」

わたしのほか二階にお客はいないらしい。他の部屋の窓や戸を開け放って、花子さんは階下へ降りて行った。窓辺に出て裏山の斜面を見る。直立する杉の木々の上部に、もりもりと樹冠の膨らんだ林が続いていた。椎の木林なのだろうか。今にもあの声が流れて来そうで、耳を澄ませた。聞こえてくるのは雀たちの声、どこか遠くの「ツピー、ツピー」という、あれは四十雀か。夜明けを迎えたばかりの清々しい風が来る。今日、静かにこの部屋で過ごすことは、案外貴重な一日なのかも知れぬ。僅かだが体にだるさが残る。蒲団に入って横になった。

朝食はおいしかった。仰臥して天井を眺める。雀たちの騒いでいる声がかしましい。久しくこうして雀など聞いたことがなかった。何と言っているのか、かなり気の立った怒っているような声ではある。忙しそうに走り回り飛びまわっている。屋根の上、窓辺、庭木の枝、軒樋の中、地面、ところかまわぬありさまが気配でわかる。そのうち子供たちの声が聞こえはじめた。何人かが花屋の子を誘いに来たようだ。花子さんにも小学生の女の子がいるときいた。だんだん人数が増える。多分、花屋の前が集合場所なのだ。おとなしい声がしているかと思えば、突然甲高くヒステリックに叫ぶ子がいたり、一同一緒に「ヘエー!」などと合唱にもなってみたり、聞いているると面白い。ときどき起こる口喧嘩のような調子は、まるで雀たちと同じだ。つい苦笑いしている自分に気づいて、またにやりとした。

一騒ぎが収まると登校して行ったのだろう、その後は「おはようございます」という中学生らしい挨拶がときどき聞こえる。自転車登校の子もいるようだ。車がときどき通る。振動やエンジンの音にそれぞれ個性がある。ほとんどお寺の方角からやって来る。それらは三十分あまりでぴしゃりと止まった。するとやはり静かだ。雀たちの声さえ間延びしたものになっている。時計は八時を指していた。

わたしは自分の小学生時代を思い起こそうとした。ところが意外とそれがはっきりしない。断片的であるのはもちろん、あちこちと飛んでそのところに安定しない。むしろ先程聞こえていた子供たちの声がまだ耳の底に留まっていて、それが自分ら自身の声のように思えてくるのだ。しかしわたしらがかってあれほど元気だったのだろうか。自己主張は許されなかったし、親とか先生とか世間とか、少なくない抑圧因子を嫌というほど受け止めさせられていた。今日の彼らの現実はよく分からないから何とも言えないが、見方によっては昔の比ではないかも知れぬ。何より異なるのは、横転しているこのわたしと違って彼らの人生はいま若々しく進展中なのだ。縮こまる生命と伸びざかりの生命。

天井に向かってぼんやりそんなことを考えていた。竿縁天井は飴色にくすんでいる。毎日こうして天井ばかり眺めざるを得なくなったとしたら。わたしはある一通の手紙を思い出した。前の職場を辞してしばらくたった頃、所属していた課の女の子がくれたものである。彼女は確か二十九歳だった。元気にあふれ体格がよく、利発な上に心配りの出来る子だった。笑顔は社内一といっていい。彼女の無駄のない文章は随分参考にさせてもらった。几帳面で、不正を嫌っていた。肌の合わない者たちには目障りだったかもしれない。わたしの一番好きな子だった。人間的によく出来ていると多くの人から認められている子だったから、その手紙を見たとき驚いたのだった。

――私の高校生活は『天井』でした。私は体をこわしていて入院生活を送ったり、家でも寝こむことが多く、学校も休みがちでした。性格も暗くなり、親や先生に反抗してばかりで、自分が自分でない三年間でした。結局自分の進みたい道にも進めず、高校三年間のことは記憶から消し去ろうとしていました。唐沢さんに校歌のことやOさんのことを教えて頂いたことで、高校時代のことをもう一度思い返してみました。優しかった友人や先生、古い頃の校舎、図書室などなど。天井の色は今も忘れることはできませんが、大切なものをたくさん思い出すことができました。そんな時、Oさんの受賞。遠い人なのに少し誇らしく思う事が出来ました。お蔭で失っていた三年間をとり戻す事が出来ました。――

恵まれた生い立ちをしたものとばかり思い込んでいた。その意外な過去を知って、わたしは不明を恥じた。彼女の笑顔や優しさの基盤となったものに思いを馳せた。「私の高校生活は『天井』でした」という言葉が印象深く残った。

天井を見るともなく眺めながら、彼女のことを思い出したり、この街の午前の、流れてくる音に耳を澄ませたりしていた。ときどき列車の警笛が聞こえる。上京当時、街を歩いているとガード下で縄跳びをしている女の子らがいた。列車の警笛が響いていた。あたりはコンクリート色に囲まれたなぜか泣きたいような風景だった。電線類の交錯する空を見上げれば、そこだけは朱色に輝いて田舎と同じだった。

どこかで小さな水音が聞こえる。眩しくきらめく浅瀬を渡っていたとき右足に痛みを感じた。水から出ると、親指から派手に血が吹いていた。上級生が葛の蔓をちぎって来てきつく縛ってくれた。そのあと医者に行ったような気もするがはっきりしない。

母の里帰り、その実家の背戸には裏山から引いてきた筧の水が、一日中小さな音をたてていた。いつ飲んでもほんとうにおいしかった。花子さんとは、どこで会ったのか。とても初対面とは思えない。彼女に似た友人でもいたのか。――

　とりとめもない思いが生まれては消える。少し眠った方がいいのかもしれぬ。とその時いきなりアカショウビンが鳴いた。今朝ほど近くはないがやはり林の中である。

「聞こえました？」と言いながら花子さんが上がってきた。悲しそうだけど慣れてくるといい声ですね、優しそうで、はかないようで、と言えば、「うちの母は昔この鳥を嫌ってました。いまは、ほらキョロちゃんだ、なんて言ってます」と笑った。そのことが重い意味を持つものなどとは、当然わたしは思いもしなかった。

　滝山村へはどんな用事でと訊かれたので、お墓参りです、と答える。わたしは小学生のころ、夏休みに滝山村の親戚に預けられました。父が亡くなった時で母は大変でしたので、と花子さん。そして話題が「白淵」のことに。「あそこでは泳ぎましたとも」と、花子さんはお転婆だったから男の子でもこわがる一番上の飛び込み岩から淵に突っ込んだのだと、少し自慢した。いまではあの白い石灰岩の川底も緑の藻に覆われ、まるで「緑淵」だと笑われています。過疎の村でも生活廃水や水量の減少、畜産廃水などのせいのようだ。無理に泳ぐ子もいるようですが、足にぬるぬると来て、とてもじゃないが楽しくないそうです、と言って笑う。

「目黒の自然教育園も高速道路のことがありましたから、変わっているかも知れませんね」と花子さん。そして、六義園、小石川後楽園、浜離宮など東京時代の都心近くの静かな散歩コースの話となる。

その前に花子さんはわたしに、からだはきつくないかと聞いた。ひとり歩きのお遍路と親しく話をすることなど、まず無いことだという。家族連れや子供を道連れの遍路であっても、それぞれの事情を内に秘め、一夜の宿もまた寡黙な道程の一つに過ぎない。彼らの背負っている荷物はあまりに重いのである。わたしは、ふとおこがましくも、たとえひとときとはいえ花子さんの父親代わりがつとまるのでは、と思ったのである。両腕を挙げ「元気もりもり」とおどけて見せた。

「新宿御苑のことは今でも腹が立ちます」と、ますます若返って彼女は語る。

日本庭園を訪ねたときたまたま祝日だった。芝生の中まで人で一杯。やっと植え込みの合間に場所を見つけて座る。子供を走らせて八ミリで撮影する人など、とても落ち着ける状態ではない。また明日来ようということになり、翌日出直した。その日、ひっそりとした同じ場所で休んでいると、どこからともなくスピーカーで「そこの二人！　早く出なさい！」と大音量の男の声。あたりを見回したが自分たちだけ。昨日のことを知っているから立入禁止とは思ってもいない。姿の見えぬスピーカーはますます居丈高になる。抗議とまではいかずとも質問くらいはしたいが、どこから見ているのか分からず、悔しいけれども結局退却。あれからあそこへは行ってやらないんだ、という。「二人というのは、もしかして?」と冷やかせば、「そう、彼氏。いまの主人です」と笑って「大学行ってもあまり利口になって来なかったのに、立派な旦那さん捕まえてきたと誉められました。兼業旅館、のんびりやってられるのも彼のお蔭です」。

勤めに出ている彼に安定した収入があるらしい。「お母さんも好きなこと出来て喜んでます。

今日なんかも福祉協議会の会議にU市まで泊まりがけです」

東北の農家の次男坊ながら婿養子に来てくれたものだ、強引に略奪したようなところはある、と花子さんは愉快そうだ。

「都会が自分に合わなくてよかったと思ってます。早く田舎に帰りたくて。主人も田舎ならどこでもいいなんて言ったりして」

花子さんの述懐に生活の充実ぶりがうかがえる。

「ひとはひと、自分は自分、それが自由だなんて生活、退屈で、淋しいですよ」と言った花子さんの言葉が、本質的には孤立でしかない今のわたしの暮らしを言い当てている。

午後。まどろんだり、時にはぐっすり眠ったりで、おとなしく床の中にいた。アカショウビンの声は聞くことが出来なかった。その代わり一日中、目覚めたらいつも雀たちの声がしていた。

「ジュッチン、チョン、ジュッチン、チョン」とのどかに繰り返すフレーズに重なって「ジュン、ジュン、ジュン、ジュン」と続けているのは、巣立ったばかりの子雀か。耳を傾けていれば、そこらまでは分かってくる。ときどき「ジュジュジュジュ」と気ぜわしげに変調するのは親が口移しに餌を与えている時だろう。

「ジュッチン、チョン」はいつまでも続く。その単調な響きの中にとっぷり浸っている――滝山村の開け放した座敷に寝ころがっていた子供のころ、あの頃と同じだ。どことなく憂鬱な、やるせない気分までよみがえる。あの時分は幸不幸の判断とは別の世界にいた。幸せなのか不幸なのか、自分では分からなかった。悲しさやうれしさなどはポケットの中の石ころのように、毎日身近だったのだが。このような、雀の声ばかりの昼下がりが何度もあった。わたしは時空を超えてそこに寝ころがっていた。

二

翌朝、花子さんに送られて宿を出た。裏山の大きな杉林とそれに続く椎の森を振り返った。アカショウビンは、昨日の夕暮れどきと今朝夜明け前に二声ずつ鳴いた。宿賃はあまりに安かった。余分に渡そうとしたが彼女はどうしても受けとらなかった。お遍路さんのお布施にでもといっても、「気障かもしれませんが、どうかこれからの人生で出会われた方に」と彼女は言う。

数分も歩くと、薬袋にあった「山根内科医院」の前に来た。寄ってお礼をとも思ったが花子さんにも頼んであるので、立ち止まって軽くお辞儀をするだけにした。

曙旅館に立ち寄り挨拶をした。わたしほどの年輩の気さくなおかみが迎えてくれた。花屋さんのお世話でよかったですね、と笑っていた。荷物を預けお寺に向かう。町中は意外に変わっていた。建て替えられた新しい家もあるが、全体としてうらぶれていた。お寺の参道はほとんど変わっていない。ほっとして大きく呼吸する。

ゆるやかな坂道を登り、両側に墓石の並ぶ平坦な道に出る。まっすぐに進めば左側は栗畑の傾斜地、そこから滝山村の街村―道路に沿った建物の連なりがよく見える。右手に墓地が段々に重なっている石垣、昔と変わらず紫色がかった濃い鼠色の、きっちりとつまれた石垣だ。赤い前掛けをつけて並んでいる六地蔵。桜の並木が生き生きとしているのは、おそらく二代目が育ったのだろう。

あの日、道に面した石垣の上端から一本の桜色の薔薇が首を傾げいた。そこにただ一輪、参道に身を乗り出して咲いていた。あの日のことが、はっきり思い出される。

あの時わたしは中学一年。ある日、見慣れない中学生の女の子が転校してきたらしく、お寺から学校に通いはじめた。二年上級だった。背が高く少し面長、色が白くて一目で都会からやって来たのだとわかる。このあたりでは見かけられぬ長い髪、大きな瞳は黒く澄んでいるのに、なぜか悲しげに見える。いつも遠くから眺めているだけだがわたしにはそれらがよく分かった。五人兄弟の一番上だったせいか、わたしは無意識のうちにお姉さんを欲しがっていた。上級生の女の人とも何かにつけよく話をするほうだったが、その人が来てからは、あのようなお姉さんがいたら、とはっきり意識するようになった。あのころわたしの家の生活は経済的に苦しかった。そのせいか母はぎすぎすとして父を毎日口汚く責めたてた。わたしは友達と遠くへ出かけて遊び暮らし、暗くなるまで帰らなかった。家の手伝いもしないと母はますますヒステリーを起こした。いまから思えば、わたしの胸に架空の母性愛が組み立てられていたことは確かだ。その人の歩き方も、風になびく髪も、そしてなにげなく振り返るしぐさにも、全てに優しさがあふれていた。けれどもその人とは一度も口をきけなかった。名前も知らなかった。お寺の人たちが入れ替わったわけでもないのに、なぜその人が引っ越して来たのかも知らなかった。

中学一年の夏休み、数日間を母の実家で過ごした。滝山村から他村を二つ通り越した奥川村である。村の中心地には四叉路があり、すぐ近くにこの地方でもっとも大きい国鉄バスの営業所と整備工場があった。バスの乗換駅でもあり連絡バスが時間待ちや休憩をする駅でもある。ある日の夕暮れ、わたしはその駅の近くをどんな用があったのか記憶にないが、ひとりで歩いていた。駅の広場に、時間待ちしている滝山行きのバスがいた。その傍を通りかかってなにげなくバスの窓を見上げた。その窓にあの人の顔が見えた。瞬間、〈お姉さん〉ははっきりと「あれっ」という驚きの表情を見せた。立ち上がるようにしてわたしを見た。その時にはわたしはもうバスの脇を後ろの方に遠ざかっていた。あの人の視線とわたしの視線が合った初めてで最後の、たった一回の時になった。

わたしは、橋を渡り田圃のかたわらを上り、母の実家に戻った。庭先の石垣の上から北の方角を望めば、村境の峠に向かう道路がよく見える。ちょうど上り坂が真っ直ぐ垂直に見えるのである。暗くなりはじめた庭に出て、バスが峠に向かうのを待った。発車の鈍い警笛が聞こえ、やがて街中を離れたバスが現れた。ゆるゆると揺れながら、進んでいるのかどうか分からないくらいゆっくり峠に向かっていた。車内灯かヘッドライトに照らされた道路の光か、うすぼんやりとした橙色の明かりが、真後ろから見るバスの四角い窓から淡く漏れていた。紫紺色に沈み込んだ周りの空気の、そこだけが特別に温かく見えた。ゆっくりと時間をかけて、お姉さんを乗せたバスは峠に這い上がり向こう側へ消えた。

名前も知らないうちにお姉さんは卒業してしまった。その後もお寺にいるのかどうか、わたしには何も分からなかった。それを訊く人もいなかった。

ある日、用事を言いつかってお寺に向かった。あの人に会えるかも知れない。お寺のおばさんに届け物を渡し、わたしは土間に立っていた。風呂敷を返しにおばさんが出てきたとき、よほどお姉さんのことを訊こうかと思った。しかし名前も知らない上に何を言えばいいのか思いつかなかった。どうすることも出来ず山門を出た。帰り道、墓地の石垣に、往きには気づかなかったあの桜色の薔薇を見つけたのだった。なぜだかわたしを待っていたようにも見え、一瞬はっとした。花びらにそっと顔を近づけてみた。今までそんな軟弱な行為をしたことはない。誰も見ていないはずだ。その匂いがわたしを驚かせた。ほのかにすっぱくて甘く、悲哀と慰めがない交ぜになった、わたしの知らない官能の世界だった。――薔薇の花の香りがこういうものだったとは！　秘密っぽい世界を覗き見てしまった、悩ましい気分が胸の片隅に残った。その時わたしは、お姉さんがすぐそばで微笑んでいる、甘え甲斐のある優しい姿がかならず近くにある、と勝手に決めていた。それは結果として外れてはいなかった。

それからの数十年、わたしは薔薇の花に出合うことも少なくなかった。しかしいたずらにその匂いをかぐことを慎んだ。あの桜色の、墓場の薔薇に似ているときおそるおそる顔を近づけて見る。あの日の香りだったら、ほっと安堵する。しかしそれはいつも言い表しがたい切ない感情をもたらす。だから、薔薇の花を手元に置こうとか、たびたび香りを楽しもうなどとは決して思わなかった。あの日の季節がいつだったのか、それはいまでも思い出せない。今日の参道にはもちろんその花はない。だが、いまそこにあの花が咲いていても決しておかしくはない。叔父から頼まれた用件をすませたら、あの人のことを聞いて見よう。四十年以上も前のことだ、分からなくても仕方のないこととして。

深草寺は、山門も本堂も随分古くなっていた。境内の木々にも、なんとなく違和感がある。大きな公孫樹、榎、松などはそのままのようだが、他のものは世代交代などあったのだろう、どことなく明るく開けている。ただ、ここから振り返って見る滝山村の盆地の眺めは、相変わらず広々としていい。

庫裏の入口に小さなブザーがあった。出てきた奥さんはかなりの年輩である。昨年主人を亡くしたばかり、ここもまた住職なしのお寺となりました、と寂しそうだ。唐沢家の方にはいつも丁重なお心遣いを頂き、ありがたいことです、と挨拶された。

手桶、杓などを借り、唐沢家本家の墓を尋ねた。昔の記憶が定かとは言いがたいが、お墓というものは年月がたってもあまり変わらないものだ。記された俗名を一つ一つ丁寧に見る。思い出せる人もいるが、知らない名前も多い。しばらく考えて納得出来る人もいる。石段をかなり登ったので眺めがいい。わたしは墓石もさることながら風景を長く見やって帰ってきた。

どうぞお上がりになってと勧められたが、景色を見ながら、と希望して庫裏の濡れ縁に腰掛けさせてもらう。

中学卒業までこの村にいましたと話す。

「あの頃から唐沢さん宅ゆかりの人たち、少しずつ都会へ出て行かれました、皆さん遠くの方になってしまいました」

そして幾つかの同じように村を去った一家の名前が上がる。その中には、かっての同級生たちも少なくない。驚いたことに、地区に残っている同級生はわずか二人となっていた。

お墓までが都会に出て行く時勢になった。交通が便利になったとはいえ、掃除、墓参りなどこんな田舎までは大変なのだ。以前はお寺での管理もむずかしくはなかったが、今は元気な人夫さえ見つけにくくなったと、高齢化と過疎の現実が話題となる。

「お墓を移すなんてことはめったになかったことです。四十年くらいになりますか、あの一件だけでしたから」

そのとき、わたしはその一件の意味するところを知らず、気にとめなかった。

「一方、田舎にお墓を建てたいと言われる方もおられます。立ち退かれた古い跡地、綺麗に拝んでもらってお祓いは済んでいるのですが、好まれなくて。村でもあの栗畑の辺り、墓地として造成したらという話が出ています」

それはまたどういう事情なのか。子供のころをここで過ごした者が、ふるさとの景色の中で眠りたい、ということらしい。丁度あなたのような年頃の方、と奥さんは笑って言った。

わたし自身、分家のわが家のお墓を何処にするのか長年の懸案として抱えている。この深草寺のあたりからの眺めが昔から好きだった。蛇行する盆地の中の滝山川や橋の幾つか。友達とうなぎを突いて過ごした流れ、花子さんが飛び込んだという「白淵」もあそこだ。街村のほぼ全体が望める。幾つかの峠道を潜ませる山々、分け入って遊んだ谷筋、田圃の広がりと畦道、お宮の杜と祇園さんの桜の山。なつかしい風景の多くがここから見える。こうしたふるさとの墓地に眠るのが理想的とも思えるが、東京からでは余りに遠すぎる。自分が死んだあとの心配ではある、とすれば矛盾はしているが。

「都会ではもう墓地も買えないですね。お墓のアパートやビルが生まれてます」

「田舎には使わなくなった荒れ地が広がる一方といいますのに」

わたしの忘れがたい日々、それは中学までだったような気もする。学生生活もその後の会社勤めも格段のことはなかった。周囲に背の高さを合わせ自制して過ごす習慣が身についていた。出来事は全て、驚くべきことなどはなくて、世の中そうしたものだと物分かりのいい寛大な傍観者であり続けた。人間ばかりの都会では、当然のことながら主人公ではあり得ない。他人の通る所しか歩まず、あるいは歩めず、平穏に過ごしてきた。それにくらべ自然の中ではいつも、たとえ子供であっても自分の判断力だけが頼りだった。どこへ行っても独立していなければならなかった。田舎での日々は決して恵まれていたとは思えないのに、価値あるものの如くわたしの心の多くを占める。

子供たちは世間並みには育てた。だから当節、親を親として扱うふうにはない。今後あてにする訳にもいかない。財産もないこんな親だから、子供の目もまたそれに見合ったものだ。妻は例によって「軽茶ブーム」とやらに浮かれ、いまのうちせっせと、友達と一緒に我が世の春を謳歌している。わたしがいかにも生き生きと主体的だったのは、中学までということか――。

「ちょっとお待ちを」と奥さんは一旦中にはいり、誰もいないものですから、失礼しまして、と熱いお茶とお菓子が出る。

山火事の跡はあの辺ですか、とわたしは源次郎山を指して尋ねた。

「あの三角地ですね。あたらしく檜が植えられてもう三十年以上でしょう。すっかりあたりの山と変わらなくなりました、時は移るものです」と感慨深げだ。

あの火事のとき、わたしは村を出たあとだったので見たわけではない。叔父の長男―従弟の晃から何度も何度も聞かされていた。わたしより四つ年下の彼はそのとき中学生だった。

暑い夏休みの午後、晃は数人の友達と源次郎池で泳いでいた。拾い集めたありあわせの材木で筏を造り、疲れたらその上にあがって甲羅干しをした。かなり長時間、池の中にいた。もうそろそろ土手にあがるかなどと思っていたとき、近くの農道をびっくりするような速さで走り下ったおばさんがいた。もんぺをはいた山仕事の服装ではあったが、まるで気が狂ったとしか思えないほどの速度だった。「誰ぞ、あれは?」と、考えたが分からなかった。土手に上がって見ると、下の畑の縁でおばさんは鍬を持った農夫と大声でやり合っていた。極端な早口で途切れることがない。「おい、ひどい喧嘩しとるぞ」「誰とこの人ぞ」「この暑いのに、相当疲れろうに」「頭に来とるんよ、やっぱり」などと晃らは勝手なことを言いながら服を着た。土手から山の方に目をやると、源次郎谷の伐採地のあたりから青い煙があがっていた。「三時のお茶か、わしらも腹へったのう」と言いながら土手を歩いて行った。ふと誰かが「あれ見てみぃ!」と指さした。向こう斜面の、お寺の下の農道を駆けおりてくる男の姿が見えた。消防団のはっぴに腕を通しながら走っていた。

「おい、ありゃあ、和尚さんぞ」

「どこぞ火事じゃ!」

と晃らは緊張した。先程喧嘩していたおばさんの姿がない。お寺から見えるとすれば、みんな一斉に源次郎谷を振り返った。土手を右側に思いっきり走った。源次郎谷の三角地は、檜を伐採してまだ運び出していないままだった。右に回ればそこがよく見える。伐採地の境界の、まだ伐られていない部分を赤い炎が大きな帯になってぐらぐらと這い上っていた。息をのんだまままみな無言だった。大分たって誰かが小さい声で「あそこじゃ」と言った。間が抜けたタイミングだったが誰も笑わなかった。炎の大きさに比べ煙は問題にならない少なさだ。透き通った青紫の煙が突き抜けるように空に昇って行く。

「半鐘が鳴っちょる」

いつもの、火事を知らせる三点ごとのものではなく、連打する早鐘だ。

「行くぞ」

晃が低い声で言った。堀割峠までの山道を晃らは十分知っていた。それは伐採地の隣斜面にある。峠まで上がってそこから尾根伝いに火事場に近づく考えだ。ピシッとかバリバリという音が聞こえるようになった。山道から谷を見下ろしたとき、おじさんが一人こちらに向かって大声を上げていた。燃えているところの最も下部のあたりだ。顔も服も腕のあたりも煤で真っ黒だ。手には、突先に葉っぱが少し残っている檜だか杉だかの長い枝を一本持っていた。あれで一生懸命はたいたのだろう。炎の下に、彼は問題にならない小ささに見える。

「どうにもならんぜ、一人じゃ」

「よう焼け死ななんだもんじゃ」

と晃らはつぶやいた。彼はなおもこちらに向かって叫んでいる。よく聞けば、

「坊ら！　早よう下へ知らしてくれー」と言っている。

「もう半鐘が鳴っちょるよー」

と、おらんでみたが聞こえないらしい。みんなで声を揃えて「半鐘が鳴っちょるー！」と三回ほど叫んだ。

晃らはさらに峠の方に向かった。急ぎ足ではあるが、やたらに駆け上がったりはしない。万が

一火が近づいたとき全速力で逃げる体力がいる。それに逃げ延びる枝道のことも考えなければならぬ。そろそろ消防団が追いついてくるはずだが。

晃が言った、

「木の枝見てみい、こっちが風上ぞ」

しかしすぐに一人が言った。

「山火事は、急に風向きが変わるいうけんの」

「そりゃそうじゃ」と晃も承知している。

「どっちにしても用心せい」

「いつまで燃えるんかいの」と誰かがきく。

「そんなん、分かるかい」

いつもは遠く感じる峠にすぐに着いた。向こう側の村から涼しい風が吹いてくる。左の尾根道に入る。消防団がなかなかやって来ない。あたりは静かすぎる。かすかに半鐘が聞こえる。後ろを振り返っても消防団の誰一人見えない。

尾根道を進む。バリバリという音も聞こえてきた。煙は相変わらず少ないが、熱気まで感じられるところに来た。驚いたことに晃らが伐採地の端に着いたとき、斜面の下から半分くらいのところまで消防団の何人かが這い登っていた。あんな急斜面を直接上がるのかと目を見張った。

消防団には悪いが、尾根から突き出た岩の上で高みの見物だ。これは大人の世界のことだから子供の出る幕じゃない。

消防団員の数がみるみる増えて来た。蟻かゴキブリのようなものが這い上って来るのを思わせる。そのうち尾根まで到着する者もいて、晃らに気づくと一瞬驚いた顔を見せるが、作業の手を止めることはない。

どうやって消火するのか、それが晃らの一番の興味のあるところだ。ずっと小さいころ二晩も三晩も燃えつづけた遠くの山火事を見たことがあった。今日のうちに消えるとも思えないが、しっかり見て帰りたい。

ある程度人数が揃うと、消防団は大声を上げはじめた。「行くぞー！」と言っている。見れば、横たわる檜の大木を、おおよそ見当をつけた谷筋に向かって放り落とすのだ。長い鳶口をふるって引き寄せ、こね上げれば、丸太は炎や煙を突き破って、鈍い衝突の音を立てながら、時には檜皮をむき出した白い肌を見せて滑り落ちて行く。丸太は大きくて長い、斜面は急勾配、炎の音と熱、怒号、それは見ものだった。

炎の一部はすでに尾根に達していた。行き場を失ったようにもたもた燃えている。反対斜面にはなかなか燃え移らないものだ。

尾根の上に人数が増えてきた。少しずつこちらに近づく。見ればみな、枝打ちした小枝や雑木、枯れているようなもの、全部かき集めて燃えている側に放り込んでいた。「ありゃ、どしたんぞ」晃たちには理解できない行為だ。あれではもっと燃えろと火事に勢いをつけてやるようなもんじゃないか。どこを見ても、それは同じやり方だった。何人かは鉈を振るって叩ききった木を、わざわざご丁寧に火の方へ投げ込んでいた。すぐ近くにふうふう言って頑張っている八百屋のあんちゃんがいた。向こうも晃らに気づいて、「おー」と言って手を挙げた。

「なんで、燃えるほうに入れるんじゃー!」

と晃は大声をあげた。あんちゃんは「なんやー?」と聞こえないふうだったが、やがて「燃えるもんがあったら、そっちへ火が移ろうがー」とおらび返してきた。考えてみればそうか。燃えるものをなくして消していくのか。〈火道を切る〉というのはそういうことだったのだ。

「お前らもそこにおると、一緒に放り込むぞーッ」

と、あんちゃんは笑いながら叫んだ。

その時いきなり、「こらーっ」という大声がした。斜面の下から現れたのは白い制服、白い帽子の巡査部長だ。

「お前らっ! 焼け死にたいのかっ」と、相当な剣幕である。「早よ、往なんかっ」と目を剥いでいる。日頃は、晃たちも知っている割合優しい部長だったから素直に従うことにする。尾根道を引き返す。「あんな白い服じゃ、往ぬる頃には、まだらのぶち猫よ」などと言いながら。

峠まで来ると、また嘘のように静かだった。みんな無口だ。源次郎池の土手まで帰ってゆっくり振り返った。大きな炎は少なくなったが、煙は広い範囲から上がっていた。今日は恐ろしいものを見たけれど、大人の大人らしいところも見た。夜になっても昂った気持はおさまらなかった。

翌日、晃たちはもっと恐ろしいことを聞かされた。火元になった伐採地の作業小屋、その焼け跡から若い男女の焼死体が出てきたのだ。二人とも村の者だった。――――

晃は、東京に来てから、この話を何度もした。

「焼身など、村では珍しいことだったでしょうね」とわたしは、緑深い落ち着いた雰囲気の源次郎谷を見やりながら奥さんに言った。

「焼身ということになってはいますが、本当は服毒でした」

ただ、睡眠薬を飲んだあと火を付けたとも、蚊避けのための〈かっこ〉の火が時間がたってから燃え移ったとも、警察では随分長く調べたのだが結局どちらとも分からなかった。なにしろ肝心の相手さんは死んでいることで、と奥さんは言った。

二人とも死んだと晃から聞いていたわたしは、改めて尋ねていた。

「救急車なんてものはなかったですから、農協の車で二人をU市まで運びました。男の方はだめでした。気の毒なことでした。しかし残ったあの子も可哀相でした」

わたしの知らない部分が随分あるようだ。

おそるおそる聞かせてもらう。

――あの子は、ちょうど二十歳になったばかり、この奥のお寺に跡継ぎがなくて困っていたところ、幸い京都の大学を出た人が養子に入ってくれることになり、とり養子にとり嫁ということであの子との結婚話が進んでいた。ところがずっと心に秘めた人――あの頃〈楽団〉と呼んでいた地元の愛好者グループでクラリネットを吹いていた青年、がいた。あの子は誰にも言いだせなかった。中学のとき父親を亡くし、母の方は結核で入院したため親類のこの寺を頼って来ていたので。相談する人もなくて、やっと打ち明けてはくれたが主人に明かさないわけにもいかず、それからが大変だった。毎日私のところに来て泣いていた。お嫁に来て何年も経っていない私ではどうしてやることも出来なかった。そのうち、木魚ポクポク叩くもクラリネット、プカプカ吹くもそう違いはなかろうに、などと村人の冷やかしも聞こえるようになり、二人で奥の部屋でよく泣いたものだ。――

奥さんの話を聞いているうちに、胸の動悸が次第に高鳴るのを覚えた。せかすように尋ねる。

あの子というのは、あの中学のときの、あの長身の、あの……、

「そうです、中学のとき転校してきた子です」

わたしがなおも、あの、あのと言っているので、名前を失念したと思ったのか、

「なほこです。深草菜穂子です。そんなにおっとりしてると菜っ葉に穂が出てしまうよ、と身内で冷やかしたものです。本人はこの名前、気に入ってました。ツベルクリン反応も特別に大きく出てましたから、中学卒業後はあまり外へ出さないくらいにしてましました。U市の母親のところへ見舞いにだけはよく行かせました。丁度あの年は、母親が亡くなった年でした」

わたしは初めて〈お姉さん〉の名前を知った。深草菜穂子――さんだったのか。

「相手の人には気の毒しました。ここからお墓を移されたのも、仕方ないと言えば仕方のないことです」

わたしは言葉を失った。わたしは、境内の乾いた地面に視線を落としたままだった。

「あの火事の日、源次郎谷から五、六羽の〈みずよろ〉が、鳴きながら飛び出して来たそうです」

奥さんは思い出したように言った。

「みずよろ?」とわたしが訝ると、

裏の谷の奥でも時たま鳴いているが、全身、火のように赤く、水が欲しいといってよろよろ鳴く鳥だそうだ。その鳥にまつわる伝説も多いらしい。子供たちを助けようと火事の中に飛び込み真っ赤に火傷してしまった話。親の死に水を取ることを怠ったため赤い鳥にされ、自分も水が飲めなくなった。飲もうとすると赤い羽が水面に映って炎に見え、飲むことが出来ず水が欲しい欲しいと泣き叫ぶ。だから水恋鳥や水乞鳥とも呼ばれる。火傷のひどいあの子を看病しているとき、〈みずよろ〉のことが気になって、あの子の魂が飛んで行ったのではないかと不安だった。西行の『山家集』にこんな歌があります、「山ざとは谷のかけひのたえだえに水こひ鳥の声きこゆなり」と奥さんは暗唱した。

それはまさしくアカショウビンのことではないか。

「あの子も、あれから大変でした。しばらくは、魂が抜けたも同じです。私も一緒に病人のようになりました。割合短い入院で火傷などは治ったのですが、心の傷はそうは行きません」

目をこすりながら、奥さんは源次郎山を見ていた。

「あれだけ若木も大きくなったんですからねえ、早いものです」

いまさらのように、バスの窓のお姉さんを思い起こす。消息はやはり知りたい。

「菜穂子さんは、今は？」

「身を隠すような生き方がしばらく続きました。でも歳月は早いものです。住み込みで働いていた旅館の跡取りさんと結婚して、子供も出来ました。今ではこの地方で知らない人はいない程の旅館です」と、奥さんは表情を明るくした。「花を売ってない花屋さんてね、有名です」

わたしはまたもや、あのあの、浄福寺横のあの、ともたついた。

「あそこの花ちゃんはよく出来た子でね。子供のころはうちへも度々来たものです。うちの子にしたくてもう大変に可愛がりました。ときどきは寄ってくれますが、母親があれだけ走り回っていますから」

きのう、あそこでお世話になったばかりだと言うと、

「菜穂子、いました？」と訊かれた。

玄関で会うにはあったのだけれども、わたしはほとんど顔を見なかったのだ。まさか〈お姉さん〉だったとは。

思えば、優しかった花子さんのうちに、あの面影は宿っていたのだ。

「やはりねえ、相変わらず忙しい子ですねえ。燃えるだけもえて、まだ燃えているんですよ、は

ははは」と奥さんは愉快そうに笑う。「人が変わったように活発な子になりました」

わたしは、花屋の裏山のアカショウビンを思い起こす。今日も鳴いているかも知れぬ。母のすべてを自らのうちに温めながら、花子さんは、あの鳴き声を聞いてきたのだろう。

源次郎山の上に、丸くて白い柔らかそうな積雲が一つ浮かんでいた。

六月の表札

珠代がこの家を出て、間もなく一年である。意識して問いかけたとは思いたくないが、高校生になった由美子の言動には何かと気にかかることが多くなった。母親の突然の出奔が深刻な影響を与えるだろうとの心配は当たらなかったけれども、急激に大人の雰囲気を身につけようとしていることは確かだ。

「お父さん、雄と雌とではどちらが綺麗と思う？」

台所で洗い物をしながら、軽く弾むような口調で由美子は訊いてきた。こんな時は、父親の回答を多少おもちゃにして遊んでみたい気分のある、油断のならない場面と思っていい。テレビは音量がやや小さくて聞き取りにくくなっているが、その種のものが映っているわけではない。なんとか温泉のおいしい料理、などと甲高い声の女性がはしゃいでいる。「雄雌といっても、何の雄と雌だ？」孝次はなにげなく問いかけておいて、次の回答の準備をしなければならない。由美子は、動物なんでもと言う。乾燥機に食器を並べる音を響かせて由美子の動きはリズミカルだ。

「例えば、鳥なんかね」「鶏か？」孝次は、答えた自分が思わず吹き出しそうになるのをこらえた。お父さんて夢がない、と叱られた。「その辺で元気に飛び回っている普通の鳥がいるでしょ。焼鳥の足のことばかり考えてるんじゃないの」。その口調は母親と同じだ。ある本に大学の教授が書いていた。新入生たちに、それも生物専門の学生たちに鶏の絵を描かせたら、足を四本にするものが毎年四割くらいはいる。一羽で四本とれるのなら焼鳥としては重宝だろう。

「お父さん、ねェ。鳥の雄ってどうしてあんなに綺麗な色してるんだと思う？　鳴き声もすごくいいでしょう」

それは、雌にアピールしたり、ここは俺の土地だぞーって怒鳴ったり、自分を主張しなくてはならんから結構忙しいんだ、と一応知っていることを自信はないが説明する。

「人間の場合は、どちらが綺麗と思う？」

予想もしない質問がやって来る。この辺りからが難しくなるのだ。孝次はテレビの画面に視線を留めながら、構えているところを覚られたくないと思った。人間さまの場合は〈雌〉が派手であることは決まっている。〈雄〉は目立つわけにはいかないのだ。またその必要もない。恋愛中ならば彼女の前で恰好のいいことを言って見栄もはりたくなるだろうが、俺の職場―役所の中で一人目立つなどということは、笑いものになるか悪くすると左遷のもとだといっていい。

「裏の櫟の木の天辺で毎日鳴いている青い鳥、お父さん知ってる？」

「ああ、あのルリか」

「本当の名前は大瑠璃っていうのよ」

その濃い瑠璃色を見ると、孝次は若いころ珠代にプレゼントしたワイングラスの脚の色を思い浮かべる。深海の沈黙を思わせるような深く透き通る青だった。あのワイングラスも何時のころからか姿を見せなくなった。あの鳥を、この辺のお百姓さんはヤマツバクロと呼んでいる。由美子はそんな名は知らないというので、背中の瑠璃色が黒に近いくらい蒼いこと、お腹は白、それで遠くから見ると燕のように見える、山の近くに住んでいるからヤマにいるツバクロでヤマツバクロだ、と説明する。ピーリーロー、ピールルジュジュッ、などと聞こえる伸びやかで朗々とした囀りだ。孝次たちの家の裏手の水田が山裾に突き当たった辺り、やや谷に回った斜面の、大きな櫟の木の枝先で一日中声を張り上げている。一体いつ食事に行くのかと思わせるほどに熱心な声楽家だ。

「今日もまた鳴いてるね」と言いながら由美子はメロンを四切れ運んできた。土曜日の少し遅い昼食がすんで、六月の半ばにしては爽やかで過ごしやすい午後である。食事の支度はほとんど孝次の役目となった。勤め先からの帰り、街のスーパーで買物をして車で小さな峠を越え三十分、ここ一年、完全に定型化した生活。それまでの十数年間も、彼の帰宅は珠代が皮肉を言うくらい、ときたまのつき合いの折を除けば時計のように正確であった。役所勤めは全く自分の性格に合っているのだと孝次は満足している。珠代にとっても、悟や由美子が大きくなるまでありがたかったはずである。熱が出た、足を折った、発疹が出た——大抵のとき、孝次は傍にいた。平凡といえばそれまでだが、笑いもあり楽しみもある日々であった。

「お父さんね、わたしが猫を飼いたいって言いだしたとき、お母さんが何故あんなに反対したのか知ってた？」

随分昔のことじゃないか。話題が転々とするのは、この子の癖でもある。孝次は子供たちと他愛なく話し合うのが昔から好きだった。なぜか珠代とはそのようなやりとりが少なかったような気がする。特に珠代がアルバイトに出かけるようになってからは。そしてインテリアコーディネーターと呼ばれるようになり、エクステリアの方も兼ねて忙しいのだと帰りが深夜近くになることが多くなった。当然食事の支度は孝次の役割となり、洗濯はもちろん近所のおつき合いまでが加わった。年次休暇がとりやすいせいもあってＰＴＡ関係で出かけることも増えた。たまに、ゆっくりと珠代が家にいるときなど「珠代、珠代」とよく呼びかけ、自分ながら優しい夫だと自負していたものだ。稼ぎが自分の手取りの二倍くらいまでは、うれしそうに報告していた珠代だった。が、ある時期からそれを口にしなくなった。三倍も四倍にもなったせいなのだろう。言わなくなったのは珠代の思いやりだと解釈した。身につけるものがキラキラと光る類のものが多くなり、そして見るからにしっとりとした、孝次でも見とれるような服地を纏うようになった。そのころである、由美子が猫を飼ってみたいと申し出たのは。猫の毛が服についてしまうとか、非衛生的とかが珠代の反対の理由だった。ご近所に迷惑をかけるというのも入っていた。

「まさか、お母さんが言ってたとおり真正直に信じてたわけじゃないでしょう？」

孝次は真正直にそう信じていた。返事に窮したので黙っていた。台所に立ち、ふきんを持ってきながら由美子は続けた。

「お父さんの呼ぶ声が優しすぎたからよ」

孝次は、にわかにその意味をつかみかねた。

「タマヨって呼ぶ声、お父さん優しく言うでしょ、すごく可愛いって感じのね」

自慢ではないがそのとおりであった。親しみを込めて呼んでいたはずだ。

「普通の男の人のように偉そうにやらないものね、お父さんは」

そう比べられればそのとおりである。男が見栄を張って妻を呼びつけるようにやっているのは、いかにも虚勢じみてむなしい。

「猫の子呼んでるようだったのよ。特にね、タマヨのヨのところ。なんか遠慮してるみたいに特徴あって」

思わず孝次は息をつめていた。そして口の中で密かに「タマヨ」と反芻した。「お茶、入れてくれないかな」。孝次は思いつきで言ったのだが、間違いなく喉の奥がひりひりしはじめていた。珠代の経済的な優位性がはっきりするにつれ、呼び声は低姿勢になっていったのだろうか。彼女のすらりとした長身には明るい闊達なものがあふれていた。さらに芯のあるところにおとなしさやしなやかさも併せ持っていた。要するに俺は参っていたわけだ。

「そこに本当のネコちゃんがやってきたらどうなると思う。どんな名前つけたって、知らない人が聞いたら、どちらを呼んでいるのか、きっとお父さんならアベコベの感じになると思う。知ってる人が聞いても、やっぱり変な感じってわけ、ウフフ」

湯飲みを差し出しながら微妙な笑い方をする。その言葉を耳に流しながら、孝次はなおも胸の中で「タマヨ、タマヨ」と自分の口調を検証せざるをえなかった。

「お母さんに優しすぎたのよ、少し、お父さんは」

由美子は慰めるようなことを言って、孝次の顔を横目で見た。そして人間の場合はどちらが綺麗と思うかと初めの質問に帰ってきた。由美子の問いにはやはりなにか意識しているものがある。その上、誘導尋問の匂いがする。ここは常識的に答えるのが無難だろう。「そりゃぁ、女の方じゃないのか」と答える。「どうしてそう思うの?」と由美子はたたみかける。理由はいろいろ挙げることができるだろうが、仮に真面目に答えたところで女子高生にどれほどに分かることなのか。まして男の、しかも大人の視点をさらけ出すことになりかねない。その時早くも「男の目から見てなの?」と言って「お母さんはどうだった?」と由美子は続けた。やはり今日はその辺りの問題なのだろう。一年もたてば、はっきり話したいことが出来てもおかしくはない。素直に応対しよう。「十分に綺麗だったし、魅力的だった」と答えた。そういえば珠代はジューンブライドだった。記念日も間もなくか。今でも恨んだりはしていないし、いずれは帰ってきてくれると信じている、と付け加えたかったのだが、それは胸に仕舞い込んだ。

「お父さんは、化かされているのだとは思わない?　ううん、これはおかあさんのことじゃなくて、女の人全体としてね」

化粧で化けるのは確かに女性だろう。最近は男の中にもそういうことに傾斜している連中もいるが。女が化粧したいのは本能だ、いろいろ飾りたいのも。そうでなきゃ世の中面白くないのじゃないか、と答えながら、これはかなりの常識論だと孝次は思った。「わたし、女の方が汚いと思う。男の人って大体単純じゃない。いろいろ誤魔化しているのは女だと思うけど」

なんだ、内面論だったのか。女の気持ちは分からん、とはよく聞く言葉だ。しかし自分は珠代が出ていった気持ちは分かっているつもりでいる。あの頃の家にかかってくる電話は珠代の仕事上のものがほとんどだった。彼女自身は外で走り回っている時間だから、炊事など家事をこなしながらの応対は孝次にとって限界に近かった。外に事務所を設けるのは当然だろう。ただ相談なしの家出は驚きではあった。これも彼女の気兼ねととれなくもない。

由美子がリモコンでテレビのスイッチを切った。立ち上がって後ろの茶箪笥からお菓子の袋を一つ取り出してきた。

「ゴマ入りの煎餅、いらない?」

今日は喋りたいことが沢山あるようだ。この間、同僚のYが、うちの娘なんか親父の顔も見たくないって感じで参るよとこぼしていたのを思い出す。それに比べれば由美子などは優等生だ。

「うちのお母さんも、よくやるよねェ。ネコのマークであんなに繁盛しているんだから」

そのマークは孝次も知っていた。U市の駅前ビルの事務所に、学校の帰りに由美子は立ち寄っているらしい。時々一緒するというK子ちゃんから聞いていた。

「見たことあるでしょう、窓から覗いているネコのマーク。その下にコーディネートタマヨって描いてあるの。あれで結構売り込んでるんだから」

あのマークはなかなかのものだと思う。誰の目にもとまりやすく第一可愛い。しかし俺の〈ネコなで声〉を意識してのことなのか……由美子に聞いてみたい気持ちが動いたが、とっさにこれもひかえた。今はネコも杓子もリフォームブーム、その上お店なんかの改装も多いんだって、と由美子には格好いい母親の仕事っぷりを自慢したい気分がうかがえる。

「お母さんて、よく目立つのよねえ、まさかネコ化けしてるんじゃないでしょね」

由美子が何を言いたいのか、まだ分かりにくい。これが若い女の子というものだろう。ただ母親のことを持ち出すところを見ると、由美子が解決したい何か、提起したいことがあるようだ。お母さんは、そういう質だ、生まれつきで、俺と正反対のようなものだ、と簡単すぎるようだが言うほかかない。

「お父さん、あの大瑠璃のように、しっかり主張してみたら？」

由美子の言葉はまた急転回で大瑠璃に帰った。孝次の頭も一回転しなければならない。

「何を？」と、思わず最も単純な言葉が口から滑り出た。由美子自身も、視点を宙に浮かせたまま、しばらく黙っていた。

「男の子がね、裁縫しているの見てると、わたしちょっと変な気がするの」

確か中学生の頃に、由美子はそんな話をしていた。家庭科の時間、苦労して運針の練習をしていた男友達に思わず手助けして先生に叱られたのだ。彼は野球の選手だったから、激しい運動のあとでは指先が震えてどうにもならなかったらしい。そのことを女の先生は気づいていたのかどうか、かなり感情的に怒ったらしい。由美子自身は黙って我慢していた。ところがその彼はその後、裁縫の時間の前には野球の練習を手加減するようになってしまった、と由美子は嘆いていたのだった。男の子は、やっぱり男の子らしく逞しく大きくならなきゃ、と由美子は言う。しかし今の学校の方針は男女同権だろう、と言えば、同権いうのと、同じことをさせるというのは全然違うことよ、としっかりしている。

「タツヤ君とカレーライスのこと、お父さんに話したかなぁ」

そんな話は聞いた覚えがない。タツヤ君は確か農家の子である。よく家の手伝いをするので、この町では評判の子だったはず。

「カレーライスを皆で作ったときね。タツヤ君が作ったお鍋は、みんな遠慮してたのよ。あの指見てるとね。だってタツヤ君の家には肉牛が二十頭もいるんだから、お母さん思いで、あんな凄い手になるのは仕方ないと思うけど。わたしが一番に無理して食べたのよ。でもやはり、おいしくはなかった……」

孝次は、この頃の職場の若い連中の指を思い浮かべる。自分も含めて、女性と同じとはいかないまでも昔の女性の手よりは明らかに綺麗だろう。これからは男らしい腕も指も、元気に歩く足もタフな肺活量も、みんな不必要な時代が来るような気がしないでもない。なによりも便利な機械と〈やさしさ〉が優先なのだから。

「男の子は元気があり過ぎるくらいの方が、わたしは好き。この頃男子はみんなおとなしい子ばっかり。それにどこか陰険になってしまって気持ち悪い。このままじゃ、世の中おかしくなると思わない？」

由美子は本気で心配しているようだ。孝次は、珠代との役割分担が逆転していた時期を思った。それはそれでうまくいっていた。今そこに踏み込んで行きたくはない。現在の生活自体、主婦の役目をこなすことによって成り立っているのだから話がややこしくなる。由美子は、あの大瑠璃のように堂々と、雄の態度がはっきりしてる方がいいと言う。雄らしく綺麗に目立っている方がはるかに気持ちいいし、女の子は安心できるのだという。この意見は明らかに珠代のものだと孝次は思う。かつてその種のことを珠代が言ったからである。その時の自分の反駁が何であったかもよく覚えている。それは〈男が目立つのは災いのもと〉であった。あのころ左遷されてしまった同僚のことが今でも記憶に鮮明だ。職員食堂で何気なく相槌を打ったことを彼は全くの同意を得たものと思い込んだ。午後の会議で堂々と論陣を張った。目論見の狂った年度内の予算は、無理な消化をせず勇断をもって来年度に活用すべきだ、というのが彼の主張だった。筋は確かにそのとおり、また論理に間違いはなかった。あの日、食堂でうわの空で返事をしたとき、俺は食べていたタルタルソースの作り方を考えていた。会議で彼が立派に提議し、われわれに賛同を求めたとき、格別の反応をするわけでもなくみんな黙っていた。それはいつもの習慣であり、事務局お膳立てのとおり、無事に会議は役目を果たし終了するのが当たり前だったから。大きな、いや小さな組織であっても、その中で特段に目立つことは好まれるものではない。むしろ皆に迷惑をかけ、和を乱す者、特別の野心があるものとして警戒されても仕方ない。市民サービスのお役所が革命的だったり目が覚めるようなことをしたら、それこそおおごとなのである。珠代がどれだけ俺の説明を理解したかは分からない。あのとき、彼に同期の一人として忠告することは出来なかったものか、それに裏切り者だと思っているに違いないなどと、タルタルソースをおいしく作れるようになった今、口にするたび苦い思いが蘇る。孝次は由美子にこの話をする気にはなれなかった。そこで思いつくままに言ってみた。人間と動物では違うことが多いのは当然、自分だけ目立って主張する男には、謙譲などという教養の持ち合わせがないのだ。男はおとなしく寛大であって争わず、和をモットーとすること、それが人間の雄にとって一番大事なことだ、すなわち社会性や協調性なのだから、動物と人間の根本的に違うところと思う、と説いた。われながらかなか立派な意見ではないかと内心満足するものがあった。ところが由美子の反論は高校生とは思えない辛辣なものだった。

「そういうことしか言わない人いるのよねぇ、特に自分の地位が高いと思ってる人、そう思いたいと思っている人。現状維持第一、〈和〉が一番無難、と思ってるからそれしか言えないのよね。改革も出来ず勇気も無い人、その日暮らしの人、精神的にね。そんなことでは世の中の進歩なんてものは起こらないのよね」

由美子は、すっかり空になったゴマ入り煎餅の袋を、バリバリとねじり潰しながら口を尖らせた。思わぬ由美子の言葉に、孝次は少々むかっとするものがあった。

「そうでもないぞ。世の中見てみろ、女性と子供の欲求が次々と便利なものを作らせる。需要のあるところ供給ありだから、心配いらないさ。大瑠璃のように歌ばっかりうたっていても進歩はないだろう」

「でもあれは、あの歌は巣の中にヒナや雌がいるからでしょう。雄の仕事なのよ」

それはそうだ。男の仕事のようなもの、いや全く同じには違いない。

「悟兄ちゃんは美容師になって名古屋に居ついてしまうし、わたしもそのうちいなくなるでしょう。お父さん独りぼっちになるんじゃない？　歌うたうのなら今なのよ」

俺に歌をだって。なんか雰囲気としては分からないでもないが、しかしいま一つ具体的にはっきりしない。

「お母さん、若い事務の男の人雇ったようよ」

由美子は縁側から庭に出て行った。洗濯物を取り入れるつもりらしい。

「お父さん、聞こえるよ。また鳴いてる、あの声……」

と言いながら庭の右手の方に回って行く。孝次は「あの大瑠璃か……」と言いながら自分も庭に下りていった。由美子は玄関先の向こうの田んぼの近くまで出て、山際の方を窺うようにしていた。

「お父さん、あの声なんだと思う？　昨日も夕方から鳴いてたのよ」。

孝次は近づいて、大瑠璃じゃないのか、蛙は相当やかましいが、と少し遠い大瑠璃の声を耳にしながら答える。

「大瑠璃はあちらでしょ。あの声聞こえない？　ほら、コォーッ、コォーッて言ってるの」

そういえば、広い水田の向こうの山際のところ、谷空木らしい赤い花が群れ付いているあたりか、初めて耳にする声である。「蛙の親分と違うのか」と、家の中でのやや重苦しい話題から開放された気分もあって、孝次はおどけた調子で言った。

「ちょっとありふれたイメージね。わたしだったら、えーと……傷ついた子狐。だって、ちょっと悲しげでしょう」

まさか、この辺に狐がいるという話は聞いたことがない。確かに狐の声を遠くで聞けば、あのようなものなのかも知れぬ。鳴き始めると同じ音程で続ける。蛙にしては声量が大きすぎる。孝次には分からない。

「たしか何日も前から鳴いてたと思うの。それがこの頃、夜になるといつも聞こえるようになったので気になって仕方ないのよ。だってあの声でしょう。誰かを待っていつまでも鳴いてるようだな」

由美子の言うとおり、気にしていると同情したくなるような哀調を帯びている。同じ音程、同じテンポ、同じ声量で長く単純に続くせいなのか。蛙たちのざわめきや水戸のつぶやきの遙か向こうから、聞きようによっては「ポォーッ、ポォーッ」ともとれる声が波紋のように広がってくる。時計が秒を刻む正確さにも似ている。

「外国から来た新種の蛙でどうだ、牛蛙よりはずっと綺麗な声じゃないか」判別を諦めた孝次は言った。

「牛蛙と比べるなんて可哀相。いい声、すごく気になる」

サンダルを履いた由美子の足元に、らせん状の花をつけたネジバナが一つ、微かに揺れていた。


昼間は大瑠璃、夕方からはあの子狐のようなコォーッ、コォーッという憂い声が幾日か続いた。

蒸し暑い日曜日の昼過ぎ、孝次はその主の住みかとおぼしきあたりまで行って見ることにした。辺りの景色を眺めながらゆっくり歩いても五分とかからないだろう。石垣の角を右に回ったところで、ふいに一人の男に出くわした、というよりも狭い農道に隠れるようにしていたその男に、いきなりぶつかりそうになったのである。少し前から見慣れない男の出没が話には出ていた。由美子は測量でもしている人なのかといっていたが、それはほとんど日曜日のことだったから仕事で来ているとは思えなかった。ただ頑丈そうな三脚の上に筒状の大きな機械を乗せていたので、一見してその人物と分かるのである。その男が目の前にいたのである。慌てたのは地元民の孝次の方だった。道一杯に開いた三脚があり、ましてやそのこちら側には男が立っているのだから、どのように身をよじっても通り抜けられる余地はない。ただ目を見張るだけの孝次に、「すみません、お邪魔してしまって」と三十代後半に見える男は落ち着いた声で断りを言った。そして急いで三脚を持ち上げようとした。

「いや、どうぞお構いなく」と孝次は言ったあとで、これは的外れな挨拶だと思った。すかさず男は「ちょっと写真撮らせてもらっていますので、すみません」と言葉を続けた。あの大きな機械はカメラとレンズだったのである。改めて孝次は三脚の上に目をやった。写真撮影ならば、特に用があるわけでもない自分はここから遠慮して引き返してもいいと思った。そのことを伝えると、男は恐縮した表情で、額や首筋の汗を拭いながら、それは助かりますと言った。そして「夕方や夜になるとコォーッ、コォーッという声は聞こえませんか」と訊いた。ああ、あれですか、あれは毎晩のように、と孝次は詳しく説明した。すると、それが目当てのタマシギなのだと言った。男はタマシギの写真を撮るためにM市から来ていたのである。車で約二時間、毎日曜日この辺りに通っているという。それは鳩よりも小さくて、水田の稲や草葉の中に隠れてしまうのでなかなか撮影が難しいものらしい。孝次の説明を聞いた男は、この辺に雌が確かにいるのだ、と安堵の笑みを浮かべた。なぜ雌を？　と孝次が訝ると、この鳥は雄よりも雌の方が色が鮮やかで美しいのだという。由美子との会話を思い出した孝次は矢継ぎ早に質問をしていた。男は「雌の方が派手な上に、卵を産み落とすと子育てを雄に任せて、自分は別の雄を求めて出ていってしまうんです。変わり者もいるものです」と答えた。卵を暖めるのも雄の仕事、一般の鳥とは全く逆の習性だそうである。雌は帰ってくるのでしょうかと聞くと、まずそんなことはないでしょう、次々と男をさがして行くそうですから、と言って笑った。孝次は思わず自分の身辺のことを知っているのでは、と疑ったくらいである。それでつい「この辺にご親戚でも？」と、我ながら呆れた質問をしていたのだった。さらに孝次は慌てて、タマシギとはどんな字を書くのかと尋ねた。

「王様の王にボッテンの玉という字ですね、それに田偏に鳥と書きます」

孝次は王へんに朱、珠算のタマではないのかと念を押した。

「いやいや、めんくりだまの玉、パチンコだまの玉、おおめだまの玉ですよ」と男は気さくに答えた。

コォーッ、コォーッというあの声が雄を呼ぶ声だったとは。声の主も習性も意外だった。孝次の顔は火照り、足が宙に浮いたようでふらつく感じがした。

空を埋めた層雲は暗くはないが、あたり一面、重苦しい水蒸気に浸されている。庭石菖の咲く小道を通り玄関まで帰ってきた。この話、由美子にどう言えばいいのか。簡単にそっけなく話したとしても、そのままですみそうにはない。頭の中で何かが渦を巻くばかり。孝次は玄関の上の、家族の名前の並んだ表札を仰いだ。

——高塚孝次、珠代、悟、由美子
四人が二人か、と漠然と考えていた。そして二人が一人に……。

あの声は今夜も聞こえるだろう。孝次は半ば頭を上に向け、ほんの少し口をあけ、惚けたように表札を見ていた。

千鳥発ち…

目の前にあるのは、あの日と同じ麦秋の広がり、雲雀の声はすでに聞こえず、さも忙しくてたまらぬという風情で、時折頭上を通過するのは二羽の小河原鶸、それもまたあの日と同じである。さわさわと大きく、まばゆい麦畑の一叢を揺らして五月の風が通り過ぎる。

私が森山福実に初めて会ったのは、入社試験面接の日であった。総務課長になったばかりの春、丁度十年前のことである。

まるで陰影の感じられぬ表情、言葉遣い、動作、あまりにも明る過ぎると思った。私は一抹の危惧を抱いた。子供っぽく見える。大卒二十二歳といえば、大人としての淑やかさも欲しい。いま時分こんなことをいえば、いや言わざることに徹しなければならない時代とはなったが、女性らしい色気が欲しい、と思った。といって不採用とするに当たるものは、評価表のどこにも見出せない。他の四人の面接担当者も同じ気持ちか…

「M大学バレー部キャプテンだからねえ…」

「なんとも明るい子ですねえ。わがE銀行のイメージにはぴったりでしょう」

人事部長、人事課長とも即座に気に入ったと見える。彼女が退出して何分も経ないうちに「合格」の太鼓判が押された。

ところが、私の課、総務課に配属されて一年にも満たぬ正月明け、彼女は課内の問題児のようであった。

前年秋に行われた実業団バレーボール全国大会に四国代表として出場し、初めて第三位入賞という成績を勝ち取っていた。頭取をはじめ取締役連中のはしゃぎぶりは、明らかに競争相手のM銀行を意識し過ぎているものであった。

森山は身長一六八センチ、体重五五キロ、選手として決して大型とはいえない。日頃から小柄に見える。アタッカーとしての彼女の技術、そして実戦での気迫、それは大学時代から定評があった。ネット際の跳躍は羽根の生えた小鳥のようだ、と言った人もいる。今回の入賞の功績ももっぱら彼女によるところが大きい、との評価である。

しかし、昨年末あたりから、執務中の彼女が時折、心ここにあらず、というか何か思いつめた表情を見せるようになった。当初、女性特有の現象によることもあるのだから、と特に問い質したり注意を促すこともしなかった。この世から遊離した別の次元にたゆたっているかのような、その現を抜け出した横顔には、かえっていいようのない魅惑さえ感じられる。私は役得のように、ときどき正面遥か向こうの彼女を盗み見た。ただ、来客や社員などとの応対となると、即座に、能面の一枚が剥げ落ちたかのような早業で、いつもの明るさに返ってしまうのである。

ある晩、私は居酒屋で部下の課員から突き上げをくらった。

「課長、なんとかしないのですか、評判悪いですよ…」

酔った勢いででもあろうか、彼はかなりしつこかった。評判が悪いのは森山を指してのことではあったろうが、私のことをいったような節もある。彼の妹は、所属課こそ異なるがバレー部の一員である。なんらかの利害が関係しているような言葉がこぼれたりした。

私は森山に直接訊かなかった。一種、恍惚感を呼び起こすあの横顔を、今しばらく独占していたいという邪まなものが、心中に見え隠れするのを私自身意識していた。

バレー部のコーチである佐野育江に話を聞くため、私は人事課へ出かけて行った。佐野は四十代、数少ないベテランの女性社員の一人である。総務部との折衝役でもあり、私との年齢差も少ない。相談が容易であろうと考えた。彼女は森山自身の最近の変化については感づいていないようである。私はそのことを伏せたまま尋ねた。いつもに似合わず佐野は言葉を選びながら、部員の多くから評判がよくない、はっきりいって嫌われていると答えた。その理由の部分になると歯切れが悪い。おそらく佐野自身にも関わることなのだろう、と推測するほかない。

「課長さん、あまり残業に使わないで、もっと練習に参加するよう協力してくださいよ…」

そう言って笑っている佐野の表情に率直なものを認めた私は、いつもの一般的な要請だと受け取った。その陰にある深刻な問題点を、そのとき気付かなかった。省みて、それが自己嫌悪に陥るような行動をとってしまう原因の一つとなってしまったのである。

ところがそれから間もなく、T小学校の体育館で練習試合のあった日、森山から相談に乗って欲しいと頼まれた。

学校の正門を出て、県道を跨ぐ歩道橋を渡り海辺に出た。瀬戸内に沈む夕日は熟れた枇杷の実のような色合いをしている。砂浜を二人で歩きながら話す。

「今の銀行を辞めて、どこか別のところで働くことはできないものでしょうか?」

彼女の質問は、いきなり核心に入る。要するに、退職したいがそのあとが心配、という相談であった。辞めたい理由を尋ねた。

「みんなに迷惑をかけているので…」との答え。

どんなことで? と訊いても、

「それはまた、迷惑をかけることになります…」

ただ、仕事の面ではなく、バレー部の中でのことだという、その点だけがはっきりしていた。門外漢には具体的な説明ができないのだと解釈した。保身大事の私の内心が大きく安堵の息を吐いた。

「バレー部のほうを辞めるのは…?」と尋ねると、

「わたしの生きがいのようなものですから…」という。仕事よりもそちらが大事のようだ。

相談相手として佐野育江のことを持ち出して見る。瞬間、森山の眼が鋭く光った。

「佐野さんには、迷惑かけてます…」

森山は即座にそう言った。会社を辞めねばなるぬほどのことが、バレー部の中で発生するものなのか、私には理解の域を超えていると考えた。今にして思えば、そこから先の思考を停止していたのである。早ばやと事なかれ主義の虫が、次に取るべき行動について考えを巡らせていたのであった。

静かな内海に、ゆらりゆらりと寄せては返す金色の波、それは幾重にも連なるプリズムのようでもある。角度によって鋭く輝いてみたり、あるいはいたわるような優しさも見せたりして夕映えの中にたゆたっている。

盛夏には喧騒の海水浴場となる砂浜、その波打ち際に千鳥が数羽、小さなシルエットで、ちょろちょろ、ちょこちょこ、ともいうべきせわしげな歩みを映している。風景は、ときに思考を無意味なものとさせるほどに穏やかだ。ところが私はきわめて現実的な冷たさで、結果として上の空の応対をしながら、一種の悪巧みをしていた。彼女の悩みに分け入っていくだけの、心の若さ柔らかさをすっかり失っていた。

四月の人事異動期を前に、私は人事課へ提出する所定の文書に「他課へ配転」と、森山の意向を訊くこともなく記入した。要するに厄介ものといっては悪いが、災いを事前に防ぎたいという処世術、従来からの手法をとったのである。ただ彼女がどう受け止めるのかは気がかりだったけれども、特に罪の意識を持つこともなく、役職上の当然の権利と思っていた。

森山は秘書課へ移って行った。

挨拶に来たとき、格別の表情は見せなかった。彼女本来の笑顔である。私はそれを、自分の判断の満足すべき検証結果として、幾日か反芻した。

その後、廊下などで見かけると、やはり暗い顔をしている。むしろ一層の深刻さをうかがわせるものがあった。それは大人っぽい魅力を加えたといえば、そう見えなくもないが、しかし入社試験以来彼女を知っている者から見れば、明らかに水を失った魚といっていい。私の内心は微かに痛みを覚える。彼女が退職し、そうして突然姿が見えなくなる日のことを強く意識している自分に気づかざるをえない。

五月の末、森山福実の父が急死した、と知らせが入った。

農業を主業としながら土木作業などにも出ていたようである。享年四十八歳、私と同い年である。その父親の病気が、森山のあの表情の元ではなかったのか、一瞬私はそう思ったが、バレー部内の問題だとはっきり言っていた。それに死因は心筋梗塞である。

葬儀に参列した。

残された家族は四人、母親、そして高校生と中学生の弟二人がいた。

四十九日の法要もその日のうちに済ませるというので、会社の人間としては、彼女の同僚一人と私だけが居残った。秘書課長は多忙を理由に、あとを頼むと言い残して帰って行った。

玄関前に出て、眼前に広がる麦畑を見る。

この黄金色の実りも、亡くなった父君の例年の労作であるらしい。二毛作など分に合わないという近隣の声に逆らって、毎年こうして大麦を作り続けてきたのだと、伯父にあたる人が遺族を代表しての挨拶で述べた。

麦畑からの照り返しが眩い。五時を回っていても、晩春の太陽は高い。

「課長さん、すみません。お忙しいのに、遠いところ…」

森山が後に立っていた。いつもの明るい笑顔でもなく、廊下で見かける沈痛な表情でもない、今日はまた別の初めて見る顔だと思う。喪服のせいだけでもないだろう、随分と大人っぽい。

「秘書課長がちょっと忙しくてね。大変だったなあ、突然で…」

悩み事に真剣に応えもせず、勝手に秘書課配転を実行した自分の内心が、今更のように姿を現す。

「すみません、ご迷惑おかけします」

彼女は、すっきりと眼を開き、麦畑の遠くを見ながら、

「退職希望のことは、なかったことにしてください」

「そのこと、秘書課長にも申し出ていたの？」

「いえ、総務課長さんだけです…」

バレー部内でどんな問題に直面しているのか、尋ねないわけにはいかない。彼女はそれには答えず、「以前、社内誌に書かれていました『競争原理と人間性の磨耗』という文章、覚えておら

れます？」と逆に質問をして来た。

何年か前のことだが、忘れるわけはない。企業競争や社員間の競争が行き過ぎると、もともと大事にしてきた人間性が磨り減ってしまって、長い目でみればかえって禍根を残す結果になるのではないか、と訴えかけたものであった。自分としてはポジティブな意見として、いい出来だと自負していたのだったが、取締役会で問題となり注意を受けた代物である。

「入社前に大学の就職課で拝見しました。それでE銀行受験を決めたのです」

私は驚いた。意外なところに共鳴者がいたものである。若くて、しかもこんなにも間近に。

「今、それを思い出しています。これからあとのこと、もちろん仕事は続けますけど、どう選択したらいいのか…、またご相談、お願いするかも知れません」

一家の生計を支える身、二十三歳にしてつらい役目だ。麦秋の光りの中で、それ以上込み入った話をする暇はなかった。


その後、心待ちにしていたけれども、改めての相談はなかった。ところが、考えられないことが頭取室で起こっていたのである。その情報は佐野育江からもたらされた。秋の全国大会が近づいていた九月のことである。

「総務課長さん大変です。森山さんが、大会参加を辞退してはどうかと頭取に直訴したんですって！」

佐野の顔色が尋常ではなかった。バレー部のコーチとしては当然であろう。監督のTさんもただ驚いておろおろしているばかりです、という。

「葬儀の日に、何か課長さんが吹き込んだのでは、という人もいるんですよ」

佐野は遠慮なく私の顔をのぞき込んだ。

彼女一人でどうなることでも…などといいながら、バレー部で一体何が起こっていたのか、もう一度念を押さざるを得ない。佐野は意外とあっさりしゃべり始めた。

「森山さんは、総務課にいたときからあまり練習に参加しなかったでしょう？ それはご存知ですよね」

残業も多かったからそうだろう。

「毎日のように練習している人も多いのに、大会に出場となると選ばれるのは森山さんでしょ」

勝つためには最強のメンバーが選ばれるのだから当然である。

「練習に励んでいた報われない連中はどうなります？」

佐野はたたみかけるように被せて来る。

「大会があるたび、何人かが退部して行きます」

優秀な者はほかにも二、三いるらしい。だがいつもずば抜けているのが森山なのだ。

その非難を受けながら、可能な限り練習には出てきていたらしい。森山はただ独り耐えていたのである。私が何らかの救いの手を伸べるべき人間であったのだろうか…。

森山は思い余って、全国大会に参加しないという提案をしたのか。それとも破れかぶれの腹いせなのか……。佐野はもちろん、森山の意見には反対であった。行員の文化福祉活動としても、また銀行の宣伝のためにも、いまやE銀行バレー部は全国的にその名を知られていたのである。

その晩、仕事を終えたのは午後九時前である。森山を夕食に誘った。頭取との件について話を聞きたい、と前もって伝えた。

ホテルの最上階、少々張り込んだレストランでの贅沢な晩餐とした。意外にも森山は本来の明るさを取り戻していた。それに今夜の彼女は随分と大人の女性という雰囲気である。対面して座れば、まるで逢い引きのようだ。我ながら顔面が緩んでしまう。うわつく場面ではないのだと、自分に言い聞かせてはみる。

真相は、佐野から聞いたものと似通ってはいるが、かなり違っていた。部内での風当たりについては佐野の言ったとおりである。頭取に申し出たのは、まったく別の性格のものであった。それは、どのような大会にも出場することのない、ただバレーを純粋に楽しむためだけの、もう一つのチームを作らせてください、というものであった。わたしが発起人として、また世話役としての責任を負います、との申し出をしたのであった。

大会出場ごとに非難される理由も自分には理解できる、しかしバレーは続けて行きたい。勝敗にこだわらない、真に楽しむためだけのものとしたい、その中から本来のチームに入りたいという人が出ればそちらへの移籍も自由、そんなものが欲しいというのである。

即却下だったろう、と言うと、いいえ、いい発想だ、検討の余地がある、とのことでした、総務課長さんのお陰です、などと真面目な顔で言う。

じゃ、二軍のようなものじゃないか、と笑うと、

「口はばったいようですけど、勝敗にこだわり血道をあげて苦しんでいるほうが本当は二軍だと思うんですけど…、課長さんの〈人間性磨耗説〉から言えばです」

と彼女はまた私を持ち上げている。

「スポーツの本当の姿から逸脱しているでしょう？　目的が別のところに行ってしまってます」

その通りだと、口には出さず大きくうなづいて見せる。

「最近やっと分かったような気がします。人間は本来、もっと大らかに暮らせる生き物ではなかったのか、ということです…」

森山は、悩み抜いたあげく、解決の糸口を見つけたというのだろうか。いままで自分は何故気づかなかったのだろう、二十幾つも年長でありながら、問題のその欠けらすら感じ取れなかった。それどころか厄介者払いの手に出たのである。これはまさしく人間性に関わるというほかない。数年前のあのエッセーの筆者が…、何年も経たぬうちに、書いたことが擦り切れた我が身に撥ね反っているではないか。

森山は、もう一つ大きなことを付け加え、私を驚かせた。

「頭取の秘書を務めるかどうか、今週中に返事をするようにいわれました、もちろん第二秘書ですけど」

ワインの勢いを借りた、と自分には言い聞かせたいが、明日のミーティングの後で頭取に、新しいチームのことを推薦して見よう、と言ってしまった。

「わあー、最強の味方でーす！」

森山は大袈裟に喜んで見せた。

体内のどこかに得体の知れぬものが生まれてしまった。我ながら不思議なものを抱えたまま、夜が更けて行った。森山を家までタクシーで送り届けた。窓外に稲の穂の実りが流れていた。

翌朝出勤するやいなや、ミーティングよりも先に、頭取室に呼ばれた。ソファには人事部長も座っていた。瞬間不安な予感が走った。

「長い間、下積みのような役職、させましたね」

おもむろに頭取は口を開く。

「やや異例のことなのですが、来月秘書課長が東京支店に転出します。そのあとを君にお願いしたい、ということになったのですが、いかがですか？」

私は、鳩が鉄砲玉をくらったような顔をしていたであろう。

「急な話で恐縮ですがね。もちろんわけをお話しすればいいんですが、一口に申しますとね、先般の米国視察で、これからの銀行経営の先行きを考えました」

人事部長とは十分な打ち合わせが行われたのであろう、彼も得意げにしている。

「戦略上、来年度あたりを機に大幅な機構改革と人事構成の見直しをしたいと考えました。その前提としてあなたがたのご協力をお願いするわけです」

あなたがた、というところが引っかかった。だがそれはすぐに判明した。頭取は森山福実の新しいチーム結成を認めるというのである。彼女は私のエッセーを説得の材料として援用したらしい。


あの日から八年余りが過ぎた。麦秋の野に向かっていると、昔のことが甦る。

バレーチームはしばらく二つが共存していた。大会などの試合に向かって努力をしないようなものスポーツではない、という陰口が当たり前のように横行した。

それから間もなく、日本経済の動向は急変した。合唱部も華道部も俳句の会も、もちろんバレー部も、会社の後押しで成り立っていた文化活動は、数年のうちにみんな姿を消した。会社自体もそれどころではなかったが、広報宣伝は全てマスメディア頼りとなり、社員自身社内の文化活動などに労力を割く余裕はなくなったのである。

ただ唯一、大会に出ない森山たちのバレーチームだけが盛況だった。当初は研修所の体育館を練習場所としていたが、体育館そのものが社員住宅に改造され消えて行った。森山たちチームは、地域の同好者を積極的に加えていたため、その人たちが活動の中心となって各地域の小中学校の体育館などに移っていた。さらに「Eネットバレーグループ」と称し、市内に七つも地域チームが誕生していた。その連絡会の代表はいうまでもなく森山福実であった。

バレーが好きだから続ける、互いに楽しみのためだけに練習し、勝敗にこだわらない試合をする、という基本理念が貫かれていた。大会出場を意識しないバレーボールは、伸び伸びと楽しさにあふれていた。

一方、銀行経営はアイディアの勝負となった。プロジェクトチームが幾つか生まれては消えて行った。頭取の意向を受けてのことではあっただろうが、森山は秘書という立場をフルに活かして、まるで総合プロデューサーのような働きぶりだった。

そして今年三月のある日、森山が笑みを浮かべながら課長席へやって来たのである。

「こんどは本物です」

彼女が差し出したもの、それは「退職願」であった。よくもまた驚かせる子だ。

そうして今日この日、この麦秋の季節、遠く秋田県に嫁ぐという彼女の、自宅での祝宴に私は招待されたのである。

就職を果たした二人の弟たちが言うには、どこかの雑誌で見た記事がもとで、新郎のFさんを捕まえたのだそうである。私は思わず苦笑いせざるを得なかった。野菜類中心の農業をやりながらペンションも経営しているとか。単身迎えにやってきたFは、実直そうな青年だった。雪深い冬季は、体育館など室内でのバレーボールが盛んな田舎町だそうである。

これから一同、空港まで見送りに出かけるところだ。空港にはバレーボールチームの連中が大勢待っているらしい。家のうちから笑い声とともに、急かされている人がいるのであろう大きな声が飛び交っている。

麦畑の上を、時折つがいの小河原鶸が飛び去って行く。九年前の葬儀の日と同じ風景が広がっている。間もなく私も定年である。ここ八年余りは、我ながら信念を持って働いてきた。これも森山のお陰かも知れない。今日の日記の片隅に、記すことにしたい。

——千鳥発ち水面に風のとどまりぬ

椎の葉

伊予灘

カナダで買った財布に取り替えて来たのがまずかった。クレジットカードが一枚も入っていない。当面の現金の調達に手間取った。習慣というものは奇妙なものだ。支払方法を変えると、自分が別人になったような感じさえする。

高速道の料金はハイウェイカードにしようと、サービスエリアに寄った。販売機に近づき一万円札を取り出したときである、百円玉が一つ飛び出した。転がって行く鈍い銀色は確かに百円だった。

あわててその行き先を目で追う。しかし運の悪い時はこんなものか、駐車場でいきなり、けたたましい警笛を鳴らした車がいた。思わず視線をそらしたそのすきに、百円玉は雲隠れしていた。

五千万を超える商談からの帰りというのに、百円玉であたふたするのも滑稽だ。しかしいい予感はしない。百円玉はやはり惜しい。

窓際のテーブルにつき、コーヒーをとった。少し風があるためか、今日の海は遠くまで見通せる。由利島の向こうに横たわっているのは山口県の島々であろう。秋風が海面を渡ってくるのが見えるような好天である。爽やかな大気にわずかに木枯らしの芽生えも潜んでいる。

「くみちゃんは、何がいい？」

私のすぐ後のテーブルか、若い女性の声だ。

「ナタデ・ココ」

女の子の声。

「そんなの、あったかなぁ」

「蜜豆の中に入ってるのでもいいよ」

ふたりの声には、涼やかで気持のいい響きがある。振り向きたい衝動を抑えて私は遥かかなたの薄墨色の島々に視線を凝らす。

契約が仮に成立しなかったとしても、それはそれでわが社のこれからの指針を見なおす啓示の一種と解釈すればいい。思いつめるのではなくしなやかに、何事も表裏があることを思えば、何が幸でなにが不幸か判りはしない。先ほどの百円玉は裏か表か、そのどちらを上に横たわっているのであろう、変なところに思いが連なる。

「あれっ、百円！」

いきなりうしろの女の子が叫んだ。思わず私は振り返ってしまった。若いお母さんと視線が合った。痩身のおもてに大きな瞳、髪の長いお母さんだ。微笑しながら、まるで知り合いでもあるかのように彼女は会釈をした。私もつられて、めったに使ったこともないような笑顔で返した。

「お巡りさんにあげないといけないの？」

「交番じゃなくって、ここのお店に届けることになるのよ。あとでレジのお姉さんに渡しましょ」

「でもねママ、これとあと百円、ママが足してくれたらね、くみちゃんのおさいふのものと全部であれが買えるんだけどなぁ…」

「あれって、なんだっけ？」

「キティーちゃんのえほん」

私の百円玉が、販売機の所から転がって来たとはとても思えない。十メートル以上あるだろう。しかし仮に私のお金が女の子の絵本の資金になるとすれば、それはそれで悪くはない。

「でもね、くみちゃん。お金のことは、ちゃんとしとかないとね、パパのようになるからね」

声の質がはっきり硬質を帯びている。

「この百円だったら、いくついるの？」

「えーとね、二千万とちょっとだから……二万枚、じゃなくって二十万枚以上ね、とても考えられない程たくさんなの」

急に声がひそめられて、ＢＧＭの音量まで大きくなったように感じられる。

コーヒーカップの底が干からび、茶色の模様が出来ている。そろそろ立ちあがらなければと思った。

「リコンって、どうするの？　結婚式のしゃしん、燃やせばいいの？」

女の子の問いに、立ち上がろうとしていた私の意思に反して、両足には力が伝達されなかった。

「徳島のおばあちゃんのお家へ行ってね、パパのハンコをもらったら、それで終わりなの」

意外とはっきり、すっきりとした母親の声である。

「そしたらあのおにいちゃんが、パパになるの？」

これ以上ここにいては、私のほうが苦しくなる。しかしいま離席をすれば母親の方はどう思うだろう。考えなくてもいいような命題が頭の中で右往左往する。ひとごとではない、しかし自分のことではないぞ、と呟いている胸のうちが、ざわざわとしている。

「ママが好きな人は、くみちゃんにも好きになってもらいます、ハハハハ…」

本心で言っているらしい母親の声がつづく。

「わあー、山盛り、おいしそう！」

くみちゃんのご馳走がやってきたらしい。

「バスにしなくてよかったね、ドライブってママ大好きだからね、こんなにいい天気」

母親の声も軽々としている。

荷掛石

峠を過ぎても風がなかった。厚ぼったい積雲だけがゆっくりと動いていた。バスの時刻を気にしながら足を早める。汗が流れる。

やがて一軒の農家の傍に出た。道端の背戸の横を通る。老農婦が鎌を研いでいた。挨拶をして、昨日は夕立がきましたか？　と尋ねてみた。農婦はうなずきながら、「最近にない激しい夕立が来ましたですらい」と答えた。おとといもそうだったという。

「谷川が轟々と音立てるほどで、きょうもまだ川が濁っていましょうが…」と、薄紅色の空木の咲いている石垣の上から谷を指差した。

「確か、四時ごろだったと思いますけんど」。今日も夕立が来るだろう。あと一時間ほどか…。

バスの停留所・荷掛石についたとき、最終バスまで二十分ほどあった。最終といってもこのバス停には日に三本しかやって来ない。谷のもっとも奥の停留所、バスはここまで来て、また下に向かって引き返していく。道端の、腰掛けるのに丁度いい具合の赤っぽい石に、ひとりのおばあさんが腰掛けていた。向かいの杉の林には、波打つように鳴きつなぐヒグラシの声が満ちていた。

「峠を越えて来なすったか？」

老婆は、といっても七十代だろうか、見かけるところ達者そうだ、親しげに声をかけてきた。夕立は来るでしょうかね、と訊けば、「間違いのう、来まっせ」と空を見上げた。

「バスに乗りなさるか？　間もなく来ますけんの」と、もの柔らかい言葉遣いである。

「ここに掛けなはらんか？」

そう言われても、二人掛けには少し狭すぎる。この赤い石からバス停の名が決まったのだろう。

突然、雨粒が一つ、赤石の上に大きなしみを残して散った。つづいてすぐに、ぽたぽたと音立てて雨滴が落ちて来る。私はあわててリュックから折り畳み傘を出す。じっとして動かないおばあさんにさし掛ける。

「どうも、どうも、すみませんことで……」

その声も聞き取りにくいほどに降ってきた。激しい雨音、白く簾（すだれ）を下ろしたような視野、稲光や雷鳴が聞こえないのが不思議である。向かいの杉林の、先ほどまでの濃紺の姿が白濁色の廉の向こうに霞んでいる。

驚いたことに、ヒグラシが鳴きやまない。かえって夕立に負けじとばかりの勢いで一層激しく合唱の声を張り上げるのであった。

雨の簾の向こうからバスが上って来た。

降車客は誰もいないらしく、少し通り過ぎた地点まで行ってUターンして来た。おばあさんも当然乗るのだと思って先を譲ろうとしたのだが、彼女はそのまま動かなかった。傘をたたんだ私はどうしたものかと戸惑った。運転手は、目顔で合図を送って乗車を促した。

乗客は私ひとりである。運転手の横、左席の最前列に座る。発車してうしろを気にする私に、

運転手は言った、

「スズエばあさんは、いつもああしてバス待ちしとるんですよ」

「この、雨の中…」

「なれてますけんな、一度や二度のことじゃありませんけん。それに百姓仕事で鍛えた体ですけん」

「そうですか…、上品な言葉遣いでしたが…」

簡単に理解できる話ではない。ワイパーが、クキックキッと音を立てながら忙しげに左右に首を振りつづける。

「ボケてはおられんようなんですけんど…、連れ合いの、キンヤじいさんは何年も前からボケとられますんですがね」

激しい夕立は突然に小降りになった。道路の傾斜も緩やかになり散在する農家の軒をかすめるように進む。一つ二つのバス停を通過したようだが、誰も乗っては来ない。

ふっくらとした頬を持つ半ば白髪の運転手は、ぽつりぽつりと、話をする。

スズエばあさんは、いつもああして最終バスが上がって来るのを、夏の間はほとんど毎日、荷掛石に座って待っているのだそうだ。ときとしてその姿が見えない日があると、営業所では運転手仲間同士、まるで大事な業務報告であるかのように知らせ合うようになったという。

ＪＡ前バス停に来た。ガソリンスタンドがすぐ横である。その軒下にでも雨宿りしていたのであろう、一人のおばあさんが急ぎ足で乗り込んで来た。

「やれと、…すごい雨やったですのう」

小柄な体を少し仰け反り気味にしたまま、私に軽く会釈をし運転手の真うしろの席に座った。仰け反り気味なのは、お腹のほうが前に出た状態で腰が曲がっているからである。極端にいえばS字型といえる。

「今日も泊まりがけかい？」

運転手は友達にでも話しかけるような口ぶりである。

「これでも半月ぶりでっせ」

「ええのうオタキさんは、近くに息子さん夫婦がおって」

「ほいでも、迎えには来てくれませんけんの、バス代がたまりませんぜ」

「ほいでも、孫の可愛さには…」

「勝てまへんわ、ハハハハ…」

いかにも嬉しそうな笑いを急に止めると、声を抑えて、

「今日も出とられんしたかの？」

「元気そうでしたぜ」

「雨にぬれましとろ？　気の毒なこって…」

今もその話をしていたところだと運転手が言ったためか、オタキさんは突然私のほうに身を乗

り出してきた。というよりもバスがいきなり右カーブを切ったので、思わず体がこちらへよろめいたふうでもある。

「スズエさんの一人息子が東京に住んでおられましてな。お子さんも女の子と男の子の二人、礼儀正しい、いいお孫さんでした。毎年夏休みには親子四人で帰省してましたんです」

真夏の日盛り、このあたりの人たちは、座敷を開け放って昼寝でもしているような時刻でも、あの家族は荷掛石の小川で魚を追っかけたり、田んぼあたりで昆虫採集や草花の勉強をする姿が毎年見られたのだそうだ。

「何年前になりますかいの?」

オタキさんは運転手に訊いた。

「三年前やなあ」

「もう、そんなになりますかいの」

「北海道の北見とかいう所で交通事故に遭いましてな、高校を卒業したばかりの男の子は助かったんですが、三人ともみんな、亡うなってしもたんです」

丸みを帯びた向かいの山に、雨上がりの霧が棚引いていた。その上空に青空が現れ、日ざしがバスの正面から差し込んでくる。オタキばあさんは、目を細めてそれを見た。運転手がサンバイザーを下ろす。

三人とも黙っていた。バスのエンジン音が後部から響きを増して押し出してきた。

「あれから、あの男の子は一度も帰って来んように、なってしまいましたい」

オタキばあさんの声が重苦しくなった。

「日本にもおらんという話です。無理もないでっしゃろ、家族の思い出一杯のところにおられるはずないでっしゃろ……」

運転手の声も湿っている、

「確かあの子は、フランスへ行っとるそうです。スズエさんがフランス国旗を持って座っとったのを、うちの運転手が一度だけ見たという話もあります」

雨上がりの幾らか涼しい風が流れ込んでくる。そういえばこのバスには冷房の装置がない。いまどき珍しい路線である。高原のこの辺では特に必要ともいえないのだろう。先ほどからまた、ヒグラシの声が激しくなっている。

モンタンヴェール

手帳を、持って行くかどうか、明夫はまよっていました。あしたから二学期が、始まります。この手帳、学校で友だちに見せると、ぜったいいろいろ聞かれるだろうし……でも、少しは、夏休みのことを、話してみたいし、手帳をめくりながら、明夫は考えています。

「小学四年生でねえ、しょうらいのこと決めた、といわれるとねえ」

夕飯のあとかたづけをしながら、おかあさんがいいました。

「それも、うちのひとりむすこ、あととりですからねぇ…」

「ま、いいじゃないか、よろこぶべきことかも知れん」

おとうさんは、夕かんをひろげて、テーブルの上を、せんりょうしています。

「大学の、せんこうを、今から選んだというのだから、えらいもんだ」

〈あととり〉とか〈せんこう〉とか、明夫には、はっきりとはわからないことばもありますが、今は、気になりません。

おじいさんにもらったこの手帳、表紙は、うす茶色の本皮、りっぱなおとな用です。その中には、カタカナと、スケッチのような絵が、たくさん書いてあります。

「ふーん、ジャン・デュメイに、マリー・デュメイ…あのふたりね」

いつのまにか、おかあさんがうしろに来て、のぞきこんでいます。

「そのとがった、角みたいなもの、ダンなんとかって、なんなの?」

「これはね、〈巨人の歯〉っていうんだ。天に向かって、すっごいかっこうでつき上げているんだ」

明夫は、そう答えてから「ダン・デュ・ジェアン」と気どった発音をしました。

「まあまあ、カタカナばっかり、目が、チカチカするわ」

そうなんだ、そこが、だいじなんだ。カタカナは全部、フランス語です。それも、明夫が、しんけんに使ったり聞いたりした単語です。何回も何回も、くりかえし発声してみたことばです。

ことしの夏のことです。おとうさんは、フランスに出張しました。登山用品の、おろし売りとかの会社につとめています。

「どうだ、明夫もいっしょに行くか？」

とつぜんに、おとうさんがいったのです。飛行機に乗っている時間が長いのには、へいこうしました。三度ほどいねむりして、目をさましても、まだ、ロシアの上でした。

仕事の休みの日のことです。シャモニ＝モン・ブランに行きました。おとうさんは、会話のとっくんを受けたので、フランス語のかたことがしゃべれます。

明夫には、手帳に書いておくといい、といって、出発前に、いくつかのきほんになることばを、教えてくれました。全部カタカナで書くほかありません。

モン・ブランの山に建っている、プラン・ド・レギーユの小屋に寄りました。おとうさんは、そこでいきなり、明夫とおない年くらいの、男の子と女の子に、明夫をしょうかいして、「手帳見ていいから、しゃべって見ろ」というのです。

ふたりとも、くり色のかみをして、目玉が、水色のビー玉のように、きれいでした。にこにこ笑っているので、思い切って、「ボンジュール（こんにちは）」と、元気をだしていいました。

ふたりも「ボンジュール」と、こたえました。その声は、明夫の発音などより、ずっとやわらかく、アイスクリームのように、あまく、とけてしまいそうに聞こえました。

「アンシャンテ（はじめまして）」

これも、手帳を見ないで、いいました。ついでに、急いで、「ジュ・マペル・アキオ（わたしの名前はアキオです）」と続けました。

ここまでは、ちゅうでいえるように、練習していたのです。

ふたりも、名前を言って手をさしだしてきました。ジャン・デュメイとマリー・デュメイの兄妹です。あくしゅしたマリーの手は、やわらかいマッシュルームのようです。手帳に、大きな字で、名前を書きとめました。

マリーが、花のかおりのするお茶を、運んできてくれました。

「メルスィ（ありがとう）」

これも、使いたかったことばです。

「ド・リアン」

とマリーがいったので、おとうさんにききました。(どういたしまして）という意味だそうです。手帳に書きました。

ジャンとマリーは、この山小屋の子です。これからいっしょに、モンタンヴェールのホテルまで、ハイキングコースを歩いて行くことになりました。ジャンとマリーのおとうさんを加えて、五人です。

歩きはじめたとき、マリーはスカートのままだったので、ちょっとおどろきました。ジャンも真っ赤なトレパンに、グレーの丸首セーターです。ふたりとも、くつは、スニーカーの、底がしっかりしたものです。明夫のものと、あまりちがいません。

明るい日光の下で見ると、マリーがとてもかわいく見えました。服そうが、どこかちがうのだろうか、と明夫は思って、よく見てみました。水色のスカートのすそに、白いもようが、ぐるりとついています。長そでの、真っ赤なセーターは、ちょっとだらしないくらいに、かんたんに着ています。セーターの下のシャツが黒い色、そこに青い木がししゅうしてあります。それだけなのに、自分の妹にしてしまいたい気持ちが、するのです。

すぐ近くに、雪があります。その上のほうは、氷河だそうです。そしてさらにその上は、針のようにとんがった、いまにも、こちらへ、ばったん、とたおれかかってきそうな岩の山がいくつも立っています。いつかどこかで見た、ブルーの宝石のような色をして、もっとこいい空に向かってつっ立っています。すぐそばまで、岩がごろごろしているのに、歩く道は、きれいで、安心して通れます。はるか左下に、シャモニ＝モン・ブランの町が見えます。

一面の緑の、小さな草の中に、ツツジのように群れてさいている、真っ赤な花―ジャンは「アルペン・ローズ」と、教えてくれました。黄色やむらさき、白い花もさいています。

大きな岩の上に、こしをおろし、おやつを食べました。すぐ足もとを、氷河からの水が、楽しそうな音をたてて、流れていました。

「グラスィエ・デ・ナンチョン」と、ジャンが指さしました。ナンチョン氷河だそうです。

手帳を見て、明夫が「ジェ・ヌフ・タン（わたしは九さいです）」というと、ジャンは八さい、マリーは七さいだと、答えました。数のところのフランス語がわからなくて、こまっていると、指で数を示してくれました。

とちゅうで、行きかう人の半分くらいは、「ボンジュール」とあいさつします。道をゆずったときは、「メルスィ」といってくれます。この二つは、何回でも使えるのに、「アンシャンテ（はじめまして）」は、めったにいえないので、明夫はおしい気がします。おとうさんたち同士も、会話が通じにくいのか、ときどき大声で、笑ったりしています。

ジャンは、とくちょうのある山を、たくさん教えてくれました。「デント・デュ・クロコディル」「デント・デュ・カイマン」「エイギュ・デ・ブレチエール」「エイギュ・デ・グレポン」「グラン・シャルモ」――明夫は、全部、急いでスケッチして、名前を書きました。ほんの少し、聞きまちがいもありましたが、おとうさんは、りっぱだ、とびっくりしていました。

短いのぼり坂をあがった、とうげのようなところで、ふと見上げたら、思わず「うわーっ！」と声をあげてしまいました。真っ黒な塔のようなドリュが、、頭の上にそびえていました。地図を見ると三七三〇メートルです。

そのあと、大きな岩がいっぱい重なった尾根をまわったとき、もっとおどろいたのです。岩はだに雪をまとった、まばゆく光るびょうぶのような山々が、目の前いっぱいに、広がっていました。それも、氷河のおくに、わーっと立ち上がった形で、ならんでいたのです。明夫は、しばらくぼーっと見つめてしまいました。

氷河は、メール・ド・グラス（氷の海）氷河、正面の山は、四二八〇メートルのグランド・ジョラスでした。いちばん右に、犬のとんがった歯のような、ダン・デュ・ジェアン（巨人の歯）が見えます。

坂を下っているとき、そばを歩いていたマリーが、明夫の左手を、にぎりました。あの、やわらかい手です。しばらく、なにもいわず、手をつないで歩きました。すぐに、モンタンヴェールのホテルが、見えてきました。もっとホテルが遠ければいいのに、と思いました。

登山電車は、明るい真っ赤な色です。電車の座席で、明夫は、おとうさんにいいました。

「ぼく、外国語大学に行く。フランス語の勉強する……」

電車が、動きはじめました。線路にそった道を、ジャンとマリーとそのおとうさんが、少し走りながら、さけんでいます。

「オ・ルヴォワール（さようなら）！」

明夫も、「オ・ルヴォワール！」と、大声をあげました。そして思わず、

「さよなら！」とさけんでいました。

すると「サ・ヨ・ナ・ラ！」と、たしかに、声がかえってきたのです。

登山電車は、速度をあげて、くだって行きます。明夫は、手帳をひらいて、

「ア・ビアントー（じゃ、またね）」

と、小さくつぶやきました。その字が、にじんで見えなくなってきました。

招き猫

マイクロバスが信号待ちで停車したとき、うしろのほうでドサッと鈍い音がした。乗客は十人足らずだったが、誰かが床に倒れている。そばの数人が助け起こそうとしていた。

「すみません、ちょっと車、路肩に寄せますから」

運転手がうしろを振り返って言った。

関西空港のビジネスルームで、あちこちと連絡をとったりファックスのやりとりなどやっている間に二時間近くが過ぎた。Gホテルからの迎えの最終バスに間に合いかねるところだった。いつものように関空一階ロビーの招き猫のところから、このバスに乗ったばかりである。

うしろの騒ぎが収まらないので、丁度バスを停車させた運転手にくっついて後部へ行く。

その運転手を見て驚いた。ホテル支配人のGさんではないか。

「従業員二人が急病で休みましてね…」

私の顔を見るなり、彼は手短に言った。

助け起こされている女性を見て、さらに私は驚いた。機内で隣に座っていた子ではないか。退屈しのぎに、かなり親しく話をした。名前こそ互いに名乗りはしなかったが、これは他人事ではない。数時間前の彼女とは別人のように、顔色は黒ずみ体は小刻みに震えている。抱え込もうとしている中年の女性の力には負えないのだろう。

Gさんは運転席へ引き返すと携帯電話で連絡をとっている。

「みなさん、すみませんが病院へちょっと回らせてください。五分ほどの回り道になりますがご了承を…」

そう言いながらGさんはバスを発車させていた。全員Gホテルの宿泊客である、異論のあるはずもない。私も運転席のうしろへ戻る。

「かかりつけの医者ですから、大丈夫です」と、私が訊くより早くGさんは答える。

「わたしも手伝いましょう、ホテルへ帰って来られるまで、とりあえず付き添っていますから」と、機内で隣席だったことなどを伝える。

「それは助かります。山澤さんご迷惑かけますが、しばらくなにとぞ…、実はうちのお客さんではないんですが、バス発着場近くで二時間ほど、わたしが三度往復する間、じっとうずくまって動かないんです。最終便ですからなんとかしなくてはと思いまして…」

Gさんは、小声で説明した。

K医院の玄関では、すでに看護婦が二人、ストレッチャーを傍らに待っていた。

事情を話して、私は待合室の長椅子に腰を下ろす。機内では明るく夢のような話をしていた彼女なのだが、Gさんの言ったことが気にかかる。

東北地方の上空に近づいたあたりだったろうか、〈象潟や雨に西施がねぶの花〉という芭蕉の句を知っていますかと、彼女に訊かれた。残念ながら知らなかった。その秋田県の象潟の出身なのだそうだ。春秋時代の越の美女西施からきた諺「西施の顰（ひそみ）に倣う」についてはおぼろげながら理解していたのでその話をした。秋田県なら成田ではなくなぜ関空線にしたのか、ふと不審に思ったのだがそれは訊かなかった。彼女はボストンに二年間留学し、臨床心理学の修士課程を終えた。郷里の病院でみんなのために力になりたい、などと明るく話していた。それがつい数時間前である。

私も実は、カナダのケベック市で働いている娘の家からの帰り、ニューヨークに一旦出てからの機上であった。彼女はうちの娘、佳小里と同じ二十八歳だった。法律事務所で翻訳などの手伝いをしている佳小里は、フランス本国へ渡って働きたいとの相談を持ちかけてきたのである。結論は出なかったが、おそらく実行してしまうだろうとの予測はつく。英語とフランス語、そして日本語が堪能ということになるが、父親の私から見れば日本語がもっともまずいのかも知れないと思う。

象潟の彼女が、機内乗務員に何か頼んでいたときの英語の発音があまりにも綺麗だった。それは彼女の声の、生来の質によるものだったのかも知れないけれども、それをきっかけに話しかけることになったのである。

彼女が中学生のとき、父親は出稼ぎ先で事故死した。その後、彼女の進学には町内会長や民生委員など、近所の人達がこぞって協力した。奨学金制度はもちろん、無利子の学費まで都合してくれた。それだけ彼女は期待される若者であったらしい。いま故郷に錦を飾るときが来たわけだ。長椅子に腰掛けたまま、うつらうつらしていたようだ。私は夢の中で、雨にけむるたおやかな合歓の花の群れを、仰ぎ見ていた。

「山澤明夫さま――」

突然の声に背筋がぴくっとした。笑顔を浮かべ若い看護婦が傍に立っている。日頃の、あの患者を呼ぶ口調が出てしまうのだろう、普通の呼び声ではない。

「ホテルの支配人さんが、も少し時間がかかると言っておられます。それまでしばらくお願いしますとのおことづけです」

やむをえないことだ。常日ごろサービスを落とさないで人件費の節約に腐心している彼のことである、今夜は二役も三役もこなしているのであろう。

私とて安穏と出来る身分ではない。帰りに岡山の長男のところに寄るべきか迷っている。離婚するかもしれない、などと言ってきてからすでに半年ほども経過した。お嫁さんが化粧品販売でかなりの経済的基盤を築いたのが遠因のようでもある。岡山郊外の老人ホームにも立ち寄るべきではあろう。しかし完全に耳が遠くなってしまった父は、自分のことばかりしゃべりはするが、なんのコミュニケーションも取れなくなってしまった。大事なことは筆談だが、フランスの山を歩いた頃の面影は微塵もない。佳小里だけは、フランスへ行こうと独身で通そうと、まだ心配のいらない方であろう。仕事のせいもあるが、いましばらく落ち着く時間も場所もない。

あかあかと照明が点いてはいるが、誰もいない待合室というものは異様だ。診察室からは何の音沙汰もない。すでに十時を回っている。

先ほどの看護婦が詰め所から現れた。

「山澤さん、間もなく先生からお呼びがあると思います。その前に、ホテルの支配人さんからのご命令なんですけど……こんなものですみませんが…」

ご命令のところを笑いながら強調して、彼女は小さなお盆を近くのテーブルに置いた。

「これは……」といぶかる私に、

「すみません、こんなもので。夜食に用意してたコンビニのものなんです。あとでたっぷりご馳走するからと支配人さんはおっしゃってました」

見ればカップ味噌汁に、おにぎり二個、〈紀州梅〉と〈京の香〉と書いてある。味噌汁のいい匂いがただよっている。

「いや、ありがとう。たすかるよ、喜んで頂きます」

「詰め所に来ていただいてもいいんですけど、薬品とかあんなところですから」

親切な看護婦である。真っ赤な小さなお盆には、真っ白のキティーちゃんが描いてある。キティーちゃんは小さな黄色い熊の子を抱いている。

旅先では、コンビニの弁当を利用することも少なくない。しかも詰め合わせの弁当よりも、おにぎりと味噌汁の組み合わせが一番だ。私の好みを知っているとは、どこかで支配人にそんな話をしたことがあったろうか。いや、これは彼女たちの夜食だと言っていた。

洗面所で手を洗って来てから、おもむろにご馳走をいただく。味噌汁のカップのふたを取り、紀州梅から…、やはり期待通りのおいしさだ。しばらく日本食にありつけなかったせいもあるだろう、一種の幸福感が湧いて来る。

〈家にあれば笥に盛る飯を草枕旅にしあればカップ味噌汁のフタに盛る〉と、思わず軽く口ずさんでいた。

ご苦労様ですね、といいながら看護婦がお盆を下げにきた。君たちの夜食をたいらげて悪いね、と言えば、またコンビニから買ってきますから、それにGおじさんに貸しができましたから、しっかりご馳走してもらいます、と明るい。

そのとき、医者が廊下を急ぎ足で近づいて来た。がっしりとした体格の、外国映画にでも出てきそうな恰幅である。私に小声で伝えた。

「長らくお待たせしました。ちょっと検査に時間をとられまして、それに相談する先もありまして。…実は患者さんはヤク、いや麻薬中毒です。それもかなり長いものです。入院加療が必要だと思います。Gさんにはこれからお伝えします」

私はしばらく事態が飲み込めなかった。機内での、エンジン音の持続した独特の響きと彼女との会話が甦ってくる。
雨に打たれている淡い紅色の、合歓の花の姿が脳裏を横切って行く。

天魚に泳ぐ

お茶の誘いがあった。春蝉の声が、ムゼー、ムゼーと途切れがちに流れて来る午後、テレビの前で、うつらうつらしていた。歩いて一、二分、川向の水沼の家に呼ばれるのは珍しいことではない。

カッターシャツに着替えながら、〈百合ちゃん、洋子ちゃん、小百合ちゃん…〉と、心のうちでつぶやいている。今日も、弘行のことに違いない。周囲の者にとって、彼の行動は理解し難いというほかない。

「おじさんすみません、いつもいつも」

開け放たれた座敷に、東の窓から涼しい風が流れ込む。窓のその先は、田植え前の水の張られた田んぼ、さらにその向こうに、若芽の出揃った雑木林の新緑が広がる。

「こんないい座敷があるのに、なんで弘行は山ん中に籠るんかのう…」

「もう一ヶ月近く帰って来られんのです。そんでまた、一度お願いしょうか思うて…」

洋子は遠慮がちに言いながら、縫製工場の製品を三つ四つひざ近くに寄せ、補正の作業を続ける。

私が郵便局を定年退職して十年近くになる。その間これといったこともやらず、あっという間に年月が過ぎた。弘行とは随分な違いようである。変わり者弘行の暮らしぶりは、そうたやすく理解できるものではないが、その訳を詮索に行くのではない。洋子の心遣いのこもった補給物資、その運搬役である。久しぶりに弘行の顔を見に行く。洋子の頼みを断ることなど不可能だ。

「どうせ暇やけん、いつでも行けるけんね。…それより、お母さんはどうや？　もう二年近くになるかいの…」

若宮百合江は、洋子の実母である。弘行や私らと中学校で同級だった。

「良うも悪うもならん状態なんと。うちもめったに、よう行かんけん。Y病院では、良うしてくれるそうやけど…」

百合江は働き過ぎてあのようになってしまった、という人もおれば、毎晩晩酌が過ぎたのだという者もいる。どちらも当たっているのではないか、と私は思う。田んぼと山と、町内の世話役などと、その疲れを酒で紛らしていたような節がある。特に十年ほど前に連れ合いを亡くしてからは、若宮家本家としての務めは、きつかったのではないか。

夏のある日、彼女は畦道の水口のところにかがみ込んでいた。通りがかりの者が声を掛けたが、返事がない。ゴボゴボゴボと水音が大きく、多分聞こえないのだろうと思い通り過ぎた。

一時間ほど経っての帰り道、百合江はまったく同じ姿勢であった。それからは大騒ぎとなった。

救急病院で「急性脳梗塞」との診断、即刻入院。数日は危険な状態が続き、その後しばらくものも言えない状態となった。二年近く経ち、少しは歩けるほどに回復したらしい。

「弘行は、見舞いに行ったこと、あるんかいの？」

「それが、なんだかんだ言うて…」

「洋子ちゃんのお母さんというのにのう」

弘行の風変わりな、というよりも世間から見て理解しがたいところは今に始まったものではない。四十歳代で会社を辞めたとき、みんな首をかしげた。今また横浜に妻を残してこんな山奥に帰って来た。その上さらに山奥に引っ込んでしまっている。

「中学校の英語の臨時講師、あれは適任やったのにのう。小百合ちゃんは英語が得意じゃいうのに」

「うちの主人の関係かとも思ったけど…」

弘行の長男敏行は、町役場の教育主事をしている。

「そんなこと気にする人ではないですけど…、山の手入れが大事や言いなはって」

「いまじゃや、百合江ちゃんがやってた分まで手を広げているそうやな」

「めったに帰れんいうて、真冬でも頑張ろうとしなはるんやけん、もう年や言うても…」

洋子も四十近くになったであろう、穏やかに話す。自分の母親についての心配も少なくないはずだが、めったに表にあらわしたりしない。

「中学のときは、あれほど変わりもんじゃなかったけどのう…」

「母も、あの人はいい人じゃ言うてました。ここへお嫁に来たのも…」

「ほんまに俺たちゃびっくりしたよ。敏行の嫁さんが、百合江ちゃんの娘だと聞いたときにゃなぁ」

あのとき最も驚いたのは弘行であろう。アメリカから数年ぶりに帰国して見たものは、若い頃の百合江にそっくりの花嫁洋子であった。

その上、最近は、洋子の長女小百合までも、である。

「三代も続いて、似れば似るものよのう」

この言葉を、どれほど多くの者が発したことか。

そのとき、「ただいまー!」と、大きな明るく透けるような声。小百合が帰ってきた。

「噂をすればや…」

私は「おかえりー!」と大声で返す。

「おじさん、いつもすみません、母がお世話になって」

「こちらこそ、お邪魔しとるよ」

礼儀正しく育てられたものだ。それにしても可愛い盛りだ。

「小百合ちゃんは、確か中学生になったばかりやったのう?」

「いやだ、おじさん、入学祝に字引買ってくれたやないの」

「そうか、忘れとった。それにしても早いのう、中学の引けるのは」

冷蔵庫を閉める音がして、小百合の声が返ってくる、

「まだ、部活にも入ってないし、それに先生らの教研集会やと、…おじさん、何か飲みます?」

「いやもう、げぶげぶしとる、飲み過ぎ…」

「いつも母の相手ですみません。今度、おじいちゃんの小屋へ連れてってくれないかなあ」

目玉の大きな肌白の顔、細身の全身はしなやかによく動く。テーブルの角を回って、私のそばに来て正座する。

私は、ふっと錯覚に陥る。にわかに中学生に還ってしまうのである。目の前に居るのは百合江、なのではないのか。七十近くになったわが身の、本能的な若さ還りか、奇妙な時空が広がり、落ち着かなくなる。

祖父の権限を振り回して小百合などと名付けた弘行も悪い。百合江の子供なら小百合でもいいが、孫なのだから……、ま、それは今さら仕方ないとして、小百合ちゃんを連れて行くべきか…。小屋といっても掘立小屋だ。昔の山仕事用のものを修繕しただけの粗末なもの、弘行は喜ぶだろうけれど…。

「小百合、あんまり無理言われんよ」洋子は、穏やかにたしなめる、「女の子があんな山の上まで、よう行くかね、今ごろの子は舗装道路しか歩かんいうのに…」

「それは、おかあさん言い過ぎよ。去年の大野ヶ原の自然学校は三日間もあったんよ。面白かった」

「何がそんなに面白かったかのう」

「友達と騒いだこと、毎日、勉強も宿題もなかったこと、学校の先生とはちょっと違うた先生らが、変な教え方なんかしてくれはったこと、ほかにも、たくさん…」

「そんなことやろ、小百合の面白がるのは」

二人の遣り取りも、なかなかのものだ。こんな家族と一緒に暮らすことが弘行には負担なのだろうか。アメリカでの裁判沙汰が、いまなお関係しているというのだろうか。

「林道を一時間くらい歩く気があるなら、いつか一緒しようか。県道はバイクの後ろでいいかな？」

「もちろん。今は赤いバイクじゃ、ないもんね」

退職前に二百五十ＣＣを買った。郵便局の百二十五ＣＣなどより遥かに性能も格好もいい。バイクの後ろでは、洋子は心配かも知れないが、県道は二十分もあれば済む。未舗装の林道もバイクで上がれないことはない。しかし場所によってはかなりの運転技術がいる。渓流の音を耳に、ゆっくり歩いて行くほうがどれほど快適であることか。

「すみません、ご無理言って。小百合も、荷物、運んでね」

洋子は、いつも気配りが行き届く。うちの嫁などとは、と言ったら悪いが、雲泥の差というところか。もっとも弘行と私とでは、雲泥の差もいいところだが。

「おじいちゃん、お風呂なんかどうしてるんでしょうね」

小百合は真面目な顔をして聞いた。

そのとき、私はうっかり口を滑らせそうになった。とっさに両手で顔面を撫で誤魔化した。首のあたりが熱くなった。

「なんとか、うまくやってるようや。髭ぼうぼうでも、なかなか清潔好きのとこあるけんの」

去年の夏、二度目に訪ねて行ったときである。

日陰は救われる気がするが、夏の盛り、昼近くで暑く苦しい道のりだった。今日こそは、彼に謝る機会かも知れぬ、五十年あまりも前のことだが、彼はどう言うだろう、などと考えながら歩いていた。

あと十分余りか、と思いながら、林道から斜面下の谷川に目をやった。西瓜くらいの大きさの白いものが、淵の中に消えて行ったように見えた。

目を凝らしていると、それはぷかんと浮き上がって来た。紛れもなく弘行である。そう広くもない谷川の、蔓葦の緑に縁取られた水面をゆっくりと泳ぎ始めた。白い西瓜大と見えたのは白いパンツの弘行の尻だったのである。その白さだけがよく目立つ。

「こらあー、何しとるんぞ！」と言いながら、私は谷川へ降りて行った。パンツ一つで遊んでいるのも彼らしい。

「見りゃ分かろが…、お前こそ何しに来たんぞ」

これはまた、ご挨拶だ。

ざばっと、川の中に立ち上がった彼の正面、私は一瞬ぽかんとしてしまった。まさしくこれが「フルチン」というものだ。何も身に着けていない。白いパンツと見たものは、彼の日焼けしていない部分に過ぎなかったのである。七十近くにもなれば、ご立派というわけでもない、水温のせいででもないだろう、などと自分のことはさておいて、頭の隅で思ってしまう。

「上のほうのな、赤子淵なんかじゃ、水温が低うていかんのじゃ。この辺まで下って来てお風呂よ。気持いいぞ、お前もどうや」

「人に見られるやろが」

「そんなもの、めったにおるかい。狐か狸くらいのもんや。それに自分が見とるだけじゃ」

「仙人みたいなこと、しよるのー」

「何もないほうが良かろ思うたが、案外泳ぎにくいかい。ぶらぶらして重心が定まらんのよ。お前も、さっさと脱いで飛び込めや」

「お前ほど野人じゃないけんの、それに鍛えとらんもんがやったら、心臓麻痺もええとこじゃ」

テーブルの前で、あの日を思い出した私は含み笑いをしていたらしい。

「おじさん、なんや楽しそう。やっぱり山ん中はいいのかなあ…」

考えていたことを見透かされてはいないかと、また顔が熱くなった。

「山桜の時期は過ぎたが、若葉の一番綺麗なときやな、土曜か日曜、天気のいい日にしようか」

「わぁー、感激！　おじさんありがと」

小百合はやはり、あの中学生百合江と同じだ。周りの者を明るくかき回す。だが、去年の夏、弘行に言い出せなかった五十年来の宿題もまたお預けになるか。小百合たちと同じ年頃の話ではあるが、とてもまだ彼女に聞かせられるものではない。


五月晴れである。湿度も低いのであろう、涼風が林道を吹き抜ける。

小百合と二人、このようなハイキングを行うとは予期しなかった。一時間足らずという行程が短すぎる。県道もバイクでゆっくりと走った。そのため危ない場面は微塵もなかった。大事な小百合を乗せ、それが一番である。

「連絡もなしに行って、問題ないの？」

小百合の質問はもっともである。

「こんな天気では、どこかの山へ出かけとるやろな」

気温が上がってくる時期には、枝打ちや間伐、仕事道の補修など体にきつい作業は避けているだろう。蔦類の駆除や見回りなど軽い作業でもやっているのだろうか。

「留守やったら、どうするの？」

「会えなんだら、荷物置いて帰るだけ、になるやろな」

「つまんなーい、ふーふー言って運んでるのに…」

「ごもっとも」

小百合は元気盛りの年齢なのであろう、いうほど息を切らしてはいない、鼻歌交じり程度か、私のほうが汗ばんでいる。

第一、洋子が持たせたものが多過ぎる。私も小百合もリュックの中は沢山のお土産だ。お味噌、漬物、お米、ジャム、魚の干物、そのほかまだまだあるようだ。ウイスキーまで入っているのだから出来過ぎだ。歩いている分にはいいが、バイクでは大変だった。四人乗りとは行かないまでも、三人乗りくらいには当たるだろう。

「新緑が素晴らしいなあ、年をとるほどに、年々綺麗に見える。変なもんだ…」と、思わずつぶやいた。

「そんなもん…？　毎年同じと思うけど…」

小百合は、少し大人っぽい声音で言う。

「若い頃は、何とも思わなんだよ、目にもくれなんだ」

「ふーん、年をとるほど綺麗になるもん、あるんだ……」

小百合の言葉に一瞬ぎょっとする。深い意味を含んで言ったのではないだろうが、年齢の違いが如実に現れている思いがする。この世界が綺麗に見えてくるようでは、終わりが近いのかも知れぬ。

「小屋の呼出鈴が変わっとるぞ、それが不思議と遠いとこまで届くんじゃ…」

「電気も来てないんやろ、どうやって？」

「ま、見てからのお楽しみや…」

しょっちゅう歌っている鶯はいうまでもないが、ときおり赤翡翠《あかしょうびん》も聞こえる。「キョロロロロロ……」と谷底のあたりから昇ってくる声は、明るい日差しの中でも寂しさを誘う。

「おじさん、赤翡翠が鳴いとるよ」

さすが小百合は耳が早い。谷の水音に紛れそうな声を、もう聞きつけている。

「この前、六月だったかな、八色鳥《やいろちょう》も鳴いてたぞ」

「八色鳥って、確か高知の県の鳥やろ、ここにもいるの？」

「県境などという勝手な線を引いとるのは人間じゃ。鳥には関係ないけんね」

「そうか。…でも、どんな声？」

「ホホヘン、ホホヘンいうて、遠方まで、よう聞こえる声や。ご苦労さんちゅうて言うてやりたいくらい、二時間ほど鳴いとったわい」

去年の夏に訪ねたときのその何ヶ月か前、途中で引返した日のことである。なぜかあの日、急に気が変わってしまった。あの八色鳥のせいであったかも知れぬ。長閑な声のようで、一面切羽詰った鳴き方のようでもあり、特別の気分を呼び起こしたのかも知れぬ。

「そんな声、おじいちゃんも聞いてるんやろね」

「鳥は友達、だそうだ。ほかの生き物はみな食料なんやそうや。豪傑みたいなこと言うとった」

「ひえー、なんでも食べよるの？　蚯蚓《みみず》とか鼠とか、狸なんかも？」

「まさか、そこまではやっとらんやろ。ようは分からん、行って見んと…」

谷を跨ぐ橋のところでは、鶍鶆《みそさざい》が声を張り上げていた。

「あ、ミソサザエ」

「サザエじゃのうて、サザイ。よう知っちょるのう」

「そうやった。鳥や花の名、自然学校で教えてもろた。卯の花も咲いとる」

空木の淡く白い花が群がっている。白い帽子と白いシャツ、水色のスラックス、若い小百合はこんな山の中では、花の一種だといえなくもない。


案の定、小屋は留守だった。

「こんなちっちゃな小屋なんだ…」

建坪は三坪ほどか。屋根のトタン板の部分がいつまでもつか、それが問題だと弘行は言っていた。そのうち桧皮葺にするつもりらしい。そのへんに材料が集められているはずである。

「おじさん、呼び鈴は？」

「これだ、これだ」

軒先に吊るしてある、子供の頭くらいの巨大なカウベル三個を指差す。スイスで買って来た本場物であるらしい。

「これをガランガランやるんや。すると不思議と弘行が現れる。多分、行動範囲には届くんやろ」

「このへん、静かなもんね、鳥の声はたくさんするけど、ときどき風が通り過ぎる音くらい……」

「うん」

「やって見るか？　下に付いとるロープを持って、引っ掻き回すように思いっきり振り回せ」

小百合は、あたりを見上げながら体を一回転させる。

小百合は、豪快にやって見せた。

「ガランガラン」と「カランカラン」の中間のような、さらに「カウンカウン」を含んだ微妙な音が林の中に広がった。

「面白い音、…もっとやっていい？」

小百合は、何度もロープを振り回した。

すると、「オーーィ」という、かすかな声が聞こえた。

「たしか、あっちのほう…」

小百合は、右手向こうの尾根のあたりを指差す。遠くから微かに二、三度、その声は流れてきた。

「間違いのう弘行じゃ。こんなところ、あれ以外のもんはおらんやろ、猿が返事したわけでもなかろう」

小百合は、うふふ、と笑った。

「おーい、おーい」と二度ほど、大声で叫び返しておく。

「小百合ちゃんが来とると知ったら驚くやろうな。のど渇いたやろ、弘行のいう台所、背戸の小藪とかへ行こう」

といっても、小屋の裏手、右のほうに数メートルも回れば、懸樋のある背戸の小藪である。小さな流れが青竹の懸樋で引き込まれている。これまた竹で組まれた、調理台ともいうべき低い棚がある。葛で編まれているところなど、ちょっとした趣ある作品である。

「わぁー、かわいいー」

この頃の若い娘さんの常套句を小百合は口走った、

「お伽の国みたーい」

見ようによっては、侘しいといえなくもないのだが、小百合は目を輝かしている。懸樋の水を柄杓で受け、ぐぐっと飲む。

「おいしーいっ」

これも常套句だ、

「冷たーいっ」

私に柄杓を渡しながら、「すみません、先に飲んじゃった。なんか味があるような…、えーと天然水というか…」

なんだか急に、小百合の振る舞いが大人っぽくなっている。

このような粗末な住まいでも、中まで覗き込むのは控えるべきだろう。しばらく周辺の見学とする。

小屋の左手に回ったところで、斜面を大きく楕円形に削り取った部分に出くわした。

「なんだ、こりゃ…」

かなり大規模な削りようである。赤土が真新しく剥き出しになっている。

「分かった、これが炭焼きがまよ」

小百合が断言した、

「お母さんが、おじいちゃんは今年の冬は山篭りかも知れない、炭焼き始めるらしい、と言ってた」

なるほど、そういえばそうだ。私らの子供の頃は、あちこちの山の斜面から炭焼きの煙が立ち昇っていた。この前、百合江んちの山の櫟がもったいない、と言っていたのを思い出す。

「冬の暖房、ばっちしやねぇ」

小百合は面白がっている。出掛けに洋子から頼まれていたことを思い出した。

——火の用心だけは、しっかり気をつけてください、とどうかくどいほど言ってやんなはい。山火事ほど恐ろしいものはないです。おじいちゃんも元気とはいっても年ですけん——

二十分ほどだったかも知れないが、まだかなと思い始めた頃、炭焼きがま予定地の上方から、足音も立てずに弘行が現れた。

「よう、久しぶり。ありゃ、小百合も一緒か？」

「おじいちゃん、こんちは…。いきなりで御免なさい」

弘行の髭面に、得もいえぬ笑みが浮かんでいる。よほど嬉しいのであろう、右足がとんとんとんと、何度か土の上で踊っているではないか。

「ま、入れ、といっても狭いとこや」

と言いながら、背負っていた古いザックを降ろす。独活《うど》やら蕨やら三つ葉のようなもの、ずいぶんと山菜を詰め込んでいるようだ。

「まだこんなに生えとるんか？　すごい収穫やのう」

「ここらは標高が高いけんの」

「これ、下界から差し入れや、洋子ちゃんからや」

二人のリュックを渡す。

「なんと仰山やのう、飢え死にでもするんじゃないか心配しとるんかの。小百合、お母さんにぴんぴんしとったいうてや。お礼も言うてや」

「うん。たまには美味しいもの食べたいなんて思わん？」

真剣な顔をして訊いている。

「これらがご馳走なんや」、弘行は山菜を見せながら「痩せ我慢と思うなよ、最高に贅沢な生活しとるようなもんよ」と自慢げに言う。半分は私に向かっていった言葉でもあろう。

弘行は小屋の横から、丸太で作った椅子様のものを転がしてきた。山菜を広げた新聞紙の周りに三つ、そしてテーブル代わりの広い板一枚を置いた。

「ここがいいやろ、この辺は薮蚊もまだおらん」

と言いながら、早速山菜の整理を始めている。「手伝わんわけには行かんのう」と訊けば、「そう気にするな、のんびりしとけ。下界もんは、ぼけっとしとるのを悪者みたいにいうが…」と、弘行は機嫌がいい。

「早い夕飯にして、今日はご馳走にするぞ、な、小百合」

自信たっぷりだが、こんなところでどんなご馳走というのだ。

「この山菜？」、小百合が早速訊く。

「もちろん採れたてのそれもあるが、ま、下では食べれんもんだ」

「蝮の串焼き、なんかじゃないだろうな？」

「何をいうか、人聞きの悪い。小屋に来た当座は蝮もいたが、いつのまにか、恐れをなしておらんようになったわい」

山菜の独特の香りがあたりに漂う。子供の頃を思い出させる匂いだ。

私は驚いた。小百合の料理の腕、というよりも、その調理作業の手伝いの的確なこと、「おじいちゃん、どれから洗ったらいい？」「あく抜きするのは？」「どこに置きましょか？」などなど、山菜の扱いも、ご飯の炊き方も、もちろん電気釜などではなく、竈に似た小さなくどで薪を燃やして炊くのだが、どこかで修行してきたのではないか、と言いたいほどのものだ。ついこの間まで小学生だったとは思えない働き振りである。山の中の、不可思議な力のようなものを覚える。小百合はすっかり大人なのではあるまいか？

二人の作業を見ていて、内心、焼餅をやいている自分に気付く。それでも、前庭に薪を運び、バーベキューではないだろうが焼き物の出来る支度を、弘行の指示で整えた。

焚き火の炎が、大きな薪に火が入って落ち着いた頃、弘行はクーラーボックスを肩に、五分ほど待ってくれと言い残して、谷のほうへ下って行った。その間にも小百合は、在り合わせのお皿のようなものを持ち出したり、食事の支度に余念が無い。中学時代の、あの給食当番の百合江を思い起こさずにはいられない。

「うちでも、そんなに手伝ってるのか？」

と訊いて見る。

「そんなことないよ、うちでは、勉強忙しいもん」

そうか、そうだろうなあ、これが中学一年生の姿とはいえないだろう。

「待たせた…」と弘行が戻ってきた。すぐに裏の背戸に直行した。やがて焚き火のそばにやってきた。

「まだ三時過ぎか…、早いようだがディナーとするか」

彼はボックスを開ける。小百合と二人、覗き込む。

「えーっ、おじいちゃん、なにー、これお魚？」

「そうだよ、正真正銘のお魚…」

どれもみな三十センチを超えているだろう、大きな魚が数匹、すでにお腹を割かれ並んでいる。見たこともない色合いをしている。

「お魚屋さん行って来たの、おじいちゃん？」

「そうや、おれ専属の魚屋だろうな」

鼻高々だ。竹串を取り出して魚に通す。銀色に輝く横縞が七、八個並び、朱斑が点々と散りばめられている。水色というべき体色なのだろうが、あたりの緑を映してもいるのか、息を呑むほどに瑞々しい。

「何というお魚、これ？」

「天魚《あまご》や」

「天魚とは、これか…。初めて見た」

焚き火の熾《おき》の周りにずらっと並べられる。

「そんなにたくさん、食べられんぞ」

十四近くにもなったとき、私は慌てて制した。

「小百合、おかあさんに土産だ。豊も持って帰れや、かみさんに」

「こんな大きなもの、どこにおるんぞ？」

「おれの魚屋、正確には、この下の淵よ」

弘行も初めは信じられなかったそうだ。「毛鉤で、気の毒なくらい飛びついて来る、絶滅させたのでは元も子もない。にわか勉強をした」。

「晩秋から春先までは禁漁だ。今が一番のシーズンで、やたらと大きい」

「それでも漁業権をいわれんのか、払うたんか？」

「このへんでも漁業組合の権限はあるのだろうな、俺が仕切ってやりたいくらいだ」

山の手入れもせず、道の草刈りもせず、魚も獲らず、ただお金だけ取るという者が多くなった、と手厳しい。

「というわけでもないが、とにかく秘密、ヒミツだぞ、小百合もな。お土産は遠くで獲ったらしい、とウソも方便、天魚のためや。町の連中が聞きつけたらひとたまりもない。この仙人も生きて行けんよになる…」

小百合は神妙な顔で頷いている。

「洋子さんが届けてくれる塩は、特別だ。粟国《あぐに》の塩といってな、沖縄から取り寄せたものらしい。もったいないほどのもの、今日はたっぷり使う」

渓流の傍に生簀を作って入れておくのだそうだが、当初誰かに盗まれて仕方なかったらしい。猿がいるところでもなし、狸の仕業かと思っていたら、ある真昼間、犯人が現れた。山翡翠《やませみ》のつがいだった。水に突っ込んで嘴にくわえて攫って行くのである。だがそれもこれほどの大きさになると無理だ、ということが分かってきた。小さなうちは竹で網を編んで被せれば済む、などと弘行は手の内を明かす。

出来上がった串焼きは、絶品だった。焼いている匂いもいい。栗国の塩が味わい深い。山菜の、酢物やぬた和え、お吸い物まで揃って山椒の香りが好ましい。天魚一匹をあてがわれると、他のものがお腹に入る余地がなくなるのではないかと心配になる。

「いつもこんなご馳走食べてるの？」

「仙人は常に粗食、霞を食って生きられる…」

「答になってないよ、おじいちゃん…」

「そうやな、ご飯と梅干、それに味噌汁でも結構。なんでも美味しい。その時そこにあるものを食っちょる。ついこの間までは筍が多かった」

ここでアルコール分が出るところだろうが、バイク運転のことを考え、小百合の手前もある、弘行は遠慮しているようだ。

「時にはケーキとか、ビフテキとか変わったもの食べたくならんの？」

「ケーキねえ、ビフテキねえ…」

弘行は、二つ目の天魚を取り上げながらつぶやく。

「わたしね、この間K市の喫茶店でケーキ食べてたらね。すぐ横のテーブルで英語で話してる人がいたの。彼氏がどうの、あの人はいい人だけど、約束の時間がどうの、なんて言ってた」

「へえー、小百合ちゃん、そんなん分かるんだ」

私は感心してしまった。

「だいたいのことなんよ、一方の女の人は日本人やったから」

「派遣されてイギリスから来ている外人教師、確かあれは中学校だったろう？　その人にでも習ったんか？」と、弘行が訊いた。

「一度も話したことない。百合江ばあちゃんがね、聞き流すだけでいいって、英会話のCD、大分前にくれたの。それ聞いてたら、テレビでやってる映画の会話なんか面白うなって来たん…」

「すごいもんだねえ」と私。

「まあ、英語はヒヤリングが一番」と弘行、「百合江ばあちゃん、そんなもの持ってたんか…」

「自分で勉強してたみたい」

うーん、と唸るように言った弘行は、何か考え込んでいた。

「小百合は、英語が好きか？」と訊いた。

「いつか、アメリカへ留学したい。お母さんが許してくれたら」

「どうして、アメリカがいい？」

「自由があって、人権が守られていて、才能が幾らでも伸ばされて、教育が充実していて、どこの国の人でも平等で、世界中の人が集って来て、まだあったかなぁ…」

食事のせいか暑くなってきた。切り株椅子を後退させる。弘行が焚き火を調整する。小百合の顔が赤味を帯び光っている。

「ギャーッ」と大きな声が頭上でした。懸巣《かけす》が来ている。ご馳走の匂いを気にしてのことか。

「おじいちゃんに、アメリカのこともっと聞きたい思うのに、家にちっともおらんのやけん…」

小百合は甘え声で言っている。

この町からT大学に入ったのは、弘行が初めてだ。商社就職後数年で北米支店の支店長に昇進、ニューヨークで何年間か過ごしている。

ところが突然、五十歳を前に帰国、会社まで辞めていた。米国内での裁判事件に関わっているとは聞いたが、横浜に奥さんを残して、この山奥に帰ってきた。詳しい事情は身内の者しか知らないようだ。

その弘行が、いま目の前で孫娘を相手に好々爺振りだ。

「百合江ばあちゃんなんか、中学校の修学旅行のときまで、汽車も海も一度も見たことなかったんぞ」

「うそーっ」

「豊もそうじゃなかったかの?」

いきなりこちらへお鉢が回ってきた。黙ってうなづくほかない。

「おばあちゃんの時代と、全然違うよ」と小百合、

「人間の社会は、よう変わる。この天魚はな、一度も海まで降りていかん魚なんじゃ、一生この谷で暮らす。陸封型といって、外へ出て行かんのじゃ。もっと下流で住んでいるのは、海まで降りて行く、それが皐月（さつき）鱒（ます）や」

「同じ魚が？」

「元はそうや、お前はどっちがいいと思う？　百合江ばあちゃんが天魚なら、俺は皐月鱒みたいなもんや」

「難しいこと訊くのう…」私も嘴を挟まぬわけに行かぬ。

「小百合の英語の得意なのは、いいことじゃ。これから英語はもっと使われるようになる…」

そのあと、弘行は少し考え込んでいた。

「そんないいとこばっかりのアメリカが、なんで大変なんじゃろの。犯罪王国、夜なんかまともに出歩けなんだり、自分らだけの囲いの中で暮らす街を作ったり、これは豊にも分からんやろな…」

ちょっとためらいがちに、弘行は小百合に話し始めた。

「ゆっくり話せる間も少ないけん、小百合だけに特別に、これは大事なプレゼントじゃ、どうかはお前の自由…」

言いながら弘行は、選り分けて置いてあった薇（ぜんまい）の一握りを新聞紙の上に広げた。それを三等分して置いた。

——これ全部を、アメリカ国内の全資産と思ってくれ。それをこのように三つに分けた。この一つがアメリカ全人口の一パーセントの人のもの、真ん中一つが九パーセントの人のもの、残りのこの部分があとの九十パーセントの国民のものなんだ。これはどういうことか分かるか？——「お金持ちは、一パーセントかせいぜい十パーセントの人たち、いうこと？　その人たちが、半分以上取っている、という…？」

小百合は自信なげに答える。

「さすが、理解が早い」と弘行は嬉しそうだ。

「その通り。貧富の差が激しい。贅沢に暮らしている人のそばで、大部分の人は貧乏に耐えて生きている。それが当たり前の国なんや」

「それで、アメリカは犯罪王国、服役者世界一の国というわけか？」

横合いから私も口を出す。

「とにかく気の毒だよ、その暮らしぶり。恵まれている階層とそうでない人たちとの差が激しすぎる。金持ちだっておちおち安心していられないのが、よう分かる。日本もだいぶん似てきているがね。こんな話はみんな考えたくないんだ、重たいからな。夢のある部分だけ言いたがる」

弘行の声が湿っぽくなっている。小百合までつられて暗い顔だ。

「一年間で、銃で撃たれて死ぬ人が一万人以上、日本は三十人くらいだ」

それも私は知らなかった。

「でも、人口がだいぶん多いけん…」と小百合、

「そうや、日本は一億二千万人ほど、アメリカはその四倍くらいかな、四億八千万くらいだろ」

「とすると、やっぱりすごいな。殺られる前に殺れ、という国か…」

私の言葉に、弘行の顔が急に緊張したのが見えた。それが重大な意味を含んでいることなど、私は知る由もなかった。

「こんな話、面白うないな。小百合はアメリカ以外の国へ行け。英語圏は広いぞ」

優しい声で、弘行は頼んでいるような口振りになった。小百合は、すっかり考え込んだ顔つきである。祖父にこのような過激な話を聞かされるとは思わなかったろう。

五十年ほど前の、中学生の百合江がこんな表情をしていた時を思い出す。私ら悪童の、あの悪巧みの結果であっただろうことは間違いない。弘行を巻き込んだ忘れられない小事件、いまなお胸につかえている例の代物である。

真相をどこまで知っているのか、弘行に謝って訊いて見るべきか…。むしろ百合江が被害者だった可能性もある。今となってはどうしようもない。目の前にいる小百合と同じ年頃だった。いまさらながら、あの頃の百合江がいたわしい。

それが、中学何年生の時だったのか思い出せない。聡明で明るくて、そのうえ優しくて、勉強の成績のいい百合江はクラスのマドンナだった。

あの頃、今もほとんどそうではあるが、弘行の家はもちろん、どこのうちでも鍵がかかっている家はなかった。

ある夏の日、私は黙って弘行の家の二階にあがり、彼の机の上に一通の手紙を置いて帰った。

〈水沼弘行様へ　　長野百合江〉と表書きのある白い封筒だった。中身は詳しくは忘れた。ただ「ぜひ、お手紙ください」というふうなものであったことを覚えている。弘行がなぜ、それを本物と信じたのか今でも不思議というほかない。目が眩んだ、というべきか。

弘行は、連綿とした手紙を書いたらしい。それは何ヶ月かあとになって分かった。それまでの間、悪童どもは内心にやにやしながら、弘行の様子を伺うのを楽しみにした。

そのころである、百合江の表情が暗く冴えなくなっていたのは。まさか弘行が真に受けて実行しているなどとは思っても見なかった。今までに見たこともない、いいようのない雰囲気の百合江だった。どこか体調が悪いのではないかと、真面目に心配した。

そんなある日、学校の廊下ですれ違いざま、百合江が言ったのである、

「豊ちゃんやろ、あんなことしたの。相当なイケズやね、弘行ちゃんが可哀相と思わんの」

なんのことだ？　すぐには分からなかった。が次の瞬間、しまった、弘行のやつ、何たることを、馬鹿が、大馬鹿がとつぶやきながら、共謀者らのところへ走った。どうなるのだこれは、いったい弘行は百合江にどんな手紙を書いたのだ…？

それからずっと、弘行は何も言わなかった。特に態度が変わったこともなかった。

発案者ではなかったが、偽ラブレターを「執筆」したのは私である。もっとも苦労したのは署名「長野百合江」の部分であった。彼女の筆跡を思い出しながら、何度もやり直した。

今に思えば、言い訳のようではあるが、弘行の「想い」が、われわれに以心伝心乗り移った、と解釈したいところがある。あれは一種真剣な悪戯だった。まさか弘行が実行に移すなどとは、大変な誤算ではあったが…。

中学を出て高校入学のとき、弘行はなぜか私に、卒業記念の「サイン帳」の、百合江が弘行のために書いたページを見せてくれた。「何事にも負けないで――」とあった。どんな意味なのか分からなかった。

高校を卒業、弘行がT大に入学するとき、百合江と弘行は東京でデイトしている。これは洋子がお嫁に行くとき、百合江の口から直接、洋子に話されたことである。

小百合と一緒に居れば、あの頃の百合江を思い出すのは仕方ない。弘行だって同じだろう。私などとは次元の違うものではあろうけれど。

バイクに乗っての帰り道、後ろの小百合は無口だった。

夏が来て、ついに私も弘行と水浴びをした。「完全自由形」などと名付けた。天魚が体に触れるときもある、潜ったままある姿勢で近づけば、天魚は一緒に泳いでくれる、と弘行は言った。

秋に訪ねて行ったとき、初めて一泊した。

昼間は、弘行の炭焼きがまの構築手伝い、相当な重労働である。赤土練りは、全身の筋肉に堪える。背戸の水で体を拭き、ウイスキーの水割りで疲れを癒す。木立の透き間から十三夜くらいの月が見える。

寝床は稲藁の中だ。好きなように潜り込んで眠る。大量の藁は、一番谷の奥にあるSさんの田んぼから分けてもらったもの。もちろん稲刈りを手伝っての駄賃である。ときどき野菜なども届けられるそうだ。

「煙草乾燥場の猫、覚えちょるか？」

いきなり弘行が訊いた。

「覚えちょる…」

隠れん坊遊びをしていたときである。煙草乾燥場の屋根裏、といっても屋根の下の桁の所に板を渡したものに過ぎなかったが、そこに蓄えられた藁の中に隠れた。息を殺してじっとしていた。耳元に黒い風呂敷みたいなものがあるような気がして、そっと藁を寄せて見た。なんと、白と黒の斑猫のミイラではないか。骨と皮だけになっている。力の限りに手足を伸ばし、空をつかんでいる形のまま、歯を剥き出し目を剥いている。狭い屋根裏で私は、「うへえ」と低い声をあげた。恐怖感はなかった。生きているものがこんな形相を見せたら、それこそ恐ろしい。ひどい苦しみようで死んだようだ。毒にやられたとしか思えない。あの場の光景は今も脳裏に鮮明である。

「…俺も、ほかほかの藁の中で、死にたいわい」

弘行らしからぬことを言う、

「あんなに苦しまず、ひっそりとな…」

「ピュイッ」「ピュイッ」と、途切れがちに鹿の鳴き声がしている。さらさらと微かに響く音は、紅葉の舞い落ちるものであろう。

「風の強い日は、竹藪のあたりからリコーダーの音が聞こえる。カタカタとカスタネットをやる奴もおる…」

弘行の空耳とはいいたくないが、荒れるがままにされている竹藪に風が通れば、そういう音もするだろう。リコーダーの演奏がうまいという小百合にかけているのだろうことは分かるが、もしかしたら弘行は違った世界に行きたがっているのではないか、ふと私は不安になる。

突然前触れもなく、藁の布団をがさつかせながら、弘行はニューヨークでの事件を話し始めたのである。


——部下のUと一緒に、支店長水沼弘行はマンハッタンの二番街通りを北に向かって車を走らせていた。深夜一時を回っていた。行き詰まっていた契約が成立し、久しぶりの開放感のせいかスピードが出過ぎていたかも知れない。サイレンを鳴らしパトカーが近づいてきた。

運転をしていたのはU。道路の右、歩道のそばに停車した。Uが窓ガラスを下ろす。警官がやたらと叫んでいる。痩せぎすの目の鋭い鷲鼻の青年である。興奮している理由は何か、言葉がはっきりしないので分からない。

甲高い声で叫び続けるので、滞米生活の長い自分でさえ、その発音が理解できない。これでも英語か、と言いたいほどのものだ。その時である、バシュン！　と奇妙な音がした。タイヤがバーストしたか、一瞬車体が揺らいだ。後で思えばUが前のめりに倒れ込んだためであった。Uを抱えあげた自分の腕に、多量の血糊がついた。痩せぎすの警官はまだ叫んでいた。考えて見れば、自分もあのとき同じ危険な立場だったのだ。検視書によれば、胸を斜めに撃ち抜かれたための即死であった。

あの夜たまたま、中国系二人組の凶悪犯が手配中だった。警官の拳銃使用について裁判となった。本社も積極的に支援の態勢をとってくれた。

水沼弘行は証言に立った。弁護士は、あるがままに述べればいいと助言してくれた。Uがあの時、素直に窓ガラスを開け、わめき散らす警官にいかに率直に応対していたか、それを伝えたかった。

「Uは、背広の内ポケットから、免許証を出そうとしました。私が抱え上げたとき、彼の右手には免許証が握られていましたから…」

そこまでで、ただそれだけで、すべては終わったのだった。検事は、「それ以上の証言は無用」と言った。判決は、「発砲した警官は無罪」、陪審員も全員一致無罪、であった。

部下の無念を晴らすつもりの証言が、被告の方を助ける結果となってしまった。何という愚かさ。判決理由は、あまりに「アメリカ的」だ。控訴する理由はない、と弁護士は断言した。本社は冷たくなった。

そのあと間もなく、ある語学雑誌のコラムで、偶然こんな記述を目にした。〈日本ではスピード違反などでお巡りさんに止められたとき、すぐにバッグやポケットの中から免許証を出そうとする事が多いと思いますが、アメリカでは慌てて出そうとするのは厳禁。拳銃などの凶器を出すのだろうと間違えられ、誤って発砲される可能性も…〉とあった。

本社に転属。Uのことが忘れられない。自分で自分がいやになるばかり。間もなく辞職。転職先でも、人間関係が気になって仕事にならず、ここも退職。妻との間もまずくなり、離婚も考えた。勤めを持っている妻はどうでもいい、と投げやりであった。そして独り田舎に帰ってきた。――

弘行の苦労が、いまさらのように身に沁みる。偽ラブレターなどは問題にもならない。思えばあれは楽しい時代だったのだ。

藁の匂いが懐かしい。今夜は鹿の鳴き声がやたらと侘びしい。土間で鳴く蟋蟀の声さえ、すすり泣いているかに響く。


冬が来た。洋子によれば、炭焼き作業も軌道に乗っているという。雪の来ないうちに、また荷物運んでもらえないだろうか、林道口までは、主人に車で行かせますから、ということだった。快諾する。

それから幾日も経たぬ日のこと、洋子が走り込んで来た。

「お母さんが危篤なんです」

風邪をこじらせた肺炎が原因とか。翌日、若宮百合江は永眠した。享年六十九歳。

葬儀を終えた弘行は、別人のように精気を亡くしていた。

「おじさん、大変！　どうしよう、蔵の谷が火事なんよ…」

洋子が駆け込んできた。時刻は午後十時三十分。双眼鏡をつかみ、裏の畑を突ききって石垣の上に登る。双眼鏡で、遥か彼方、山が二つ重なった蔵の谷のあたりを見る。白い煙のようなものが、ぼーっと立ち昇っている。遠くサイレンが響きはじめた。奥山組のものらしい。

弘行の小屋の蔵の谷のようでもあるが、ほんの少し方角が違うようにも思える。

あたり一面、歯がゆいような夜の闇が立ち込めている。

鶯谷を帰る

村役場とは別棟の事務所に通い始めて、一年が巡って来た。

自動扉であった玄関のガラスドアも、体で押し開ける方式に生まれ変わって、間もなく一年を迎える。留都子が、ドアに手をかけたとき、玄関正面に咲いている吉野桜が映っていた。目映いくらいに純白である。満開なのだ、と留都子は頭の隅で確かめた。こんな日は、どの家に出掛けてもいい気分で仕事に励むことができる。事務室入口横の壁面にある名札「榛名留都子」を赤から青に裏返す。

部屋に入るなり、主事の河本さんの声、

「お早う、留っちゃん。今日ね、君江さん都合悪うなってお休み。午前中に山上さん宅へ行ってくれる?」

「いいですよ。栄市じいちゃんね」

君江さんに何かあったのか尋ねた。親戚の不幸らしい。今年これで三回目の葬儀だと、溜息をついていたという。過疎の村にはそのような状況も珍しいことではなくなっている。老齢者が多くなったせいもあるが、誰もが冠婚葬祭に関わる度合いが高くなった。それほどに互いに手伝い合い、手助けしながらの暮らしが普通となった。

向こうの事務机からSさんが、

「今日は、どんなバージョンなのかなあ？　うふふふ」

と笑って言う。

「そうねえ、留っちゃんね、これまでに栄市さんの足が立たなくなったってことある？」

河本さんが留都子に訊いた。とんでもない、あんなに元気なんですよ、一週間前ですよ、わたしが行ったのは、と留都子は慌てて答えた。

「なら、多分、今日はそれね。でも感心するね、バージョンが重なることがないんだから」

「そうなんですよね、手帳にでもつけてるんでしょうか。同じ人に同じものは絶対使わないんだから」とSさん。

「でも、誰かに使えばすぐにばれてしまうって思わないのかしら…」

留都子がヘルパーの嘱託となってこの一年間、村内の数十人のお年寄りの家を訪ねてきた。当初はやはり、お年寄りたちの思わぬ言動に戸惑うことも少なくなかった。しかしすぐに要領を会得したというべきか、慣れてしまったというべきか、毎日のやり取りがかえって面白くなってきた。相手の世界に入り込めば、それでいい。大学の研修で、何気なく聞いていた事例が、いま生きて来る。それにしてもこの村では、東京で応対していたお年寄りたちと、ずいぶんどこかが違う。それも全国のお年寄り相手だったのだから、この村だけが異質ということはないはずだ。もちろん電話で話すのと面と向かっての会話では元から違っているのは確かなのだが…。

「あの人はね〝一期一会〟という言葉が大好きなのよ。だから面と向かって話している人とね、その時間を楽しんでるの」

河本さんは、書類のファイルの一つを捲りながら答える。留都子は整理棚から山上栄市さんのファイルを取り出す。山上栄市、八十六歳。両親とは早くに死別。結婚はせず、身寄りがない。ただ留都子の家とは、遠い先祖で親戚だといわれている。その詳しい繋がりは父母も話してくれないので分からない。父の父親、すなわち留都子の祖父は、留都子が小学六年生のときに亡くなってしまったが、どこか栄市じいちゃんに似ていたという記憶がある。顔形というよりも、全体から受けるイメージのようなものである。物言いとか、笑ったときの声音とか、話しかけてくるときの眼の輝き具合とか、これと言って指摘しにくい、言葉には表しにくい種類のものだと思う。だから何となく似ている、というだけのものである。

「栄市じいちゃん、どうして急に足が悪くなるんですか?」

「行ってみれば、すぐ分かるって」、Sさんは、面白がっているようだ。

「でもね、期待して行って何にも出なかったら、力抜けるもんね。妙におとなしい日もあるんだから…」と、河本さん。

「お年寄りは、日によって体調ずいぶん違いますからね」

二人の会話が続いている。留都子は、楽しみの一つにして、出掛けてみる。

小さな木片のような表札の「山上栄市」とある玄関先、軽四を停める。エンジンを切れば、今日も、鶯の囀りが盛んだ。遠くのものにまで耳を澄ませて数えれば七、八羽を下らないだろう、賑やかで華やかな朝だ。

一週間前の訪問の際、栄市じいちゃんは「鶯の谷渡り」の講義をしてくれた。

「ケキョケキョケキョ…」と、いつまでも続けるのを留都子は知らないわけではなかったが、おとなしく耳を傾けた。

「谷渡りとは、随分うらやましい話と、俺は思う」と言って頬を緩め、「ヘッヘッヘッヘッ」といかにも嬉しそうに笑った。自分の心の中にある何かに向かって話しかけ笑いかけてでもいるかのように、小さく体を上下させるのである。

「谷」の部分に力を入れて話すところが、栄市じいちゃんの「ツボ」であるらしい。なにしろ事務所の職員で知らないもののない渾名「エッチじいちゃん」なのだ。

留都子は、二十六歳にもなったのだから、その辺のことも考えながら聞くべきなのだろうと感じている。結婚しなかったことへの悔悟の気分さえ含ませて、そんな話題を好んで取り上げているのではないのだろうか、と想像をたくましくしたほどである。

「エッチじいちゃん」と呼称しているところを聞きとがめられたとしても、正しく「栄市じいちゃん」と発音しなおせば無事通過できる、という何と便利な名前であることか。ただ、本人がそのあたりをどこまで意識しているのか、誰も把握してはいない。

「おじいちゃん、お早うさん」

留都子は、特別に明るくでもなく、ことさら力を込めるでもなく挨拶を送る。親戚を尋ねてきた娘のような気分で声をかける。現に、遠い親戚と聞かされているのである。

「やあ、留都子さんか。おとー、おっかーは元気かの？」

「元気よ。おじいちゃんも元気そう、なによりね」

上がり框に気楽に靴を脱ぐ。

「それが、弱ったかい、留都子さんよ。足が立たんようになったんぞよ…」

来た来た、そら来た。河本さんのすごい透視力、予言能力ではないか、こちらは準備万端なのだ、驚くこともない。

「この間まで、ピンピンしとったでしょ？」

「そんなことないけんど、だんだんダメになって、とうとう立たんよになった、留都子さんよ…」

情けないような声音で顔を曇らせて見せる。どこか子供っぽい表情が皺の合間に見え隠れしているようで、この攻勢を受け止めるのはたやすいこと、と思う。

「わたしが、立たせてあげますよ、おじいちゃん」

「それは、ありがたいが、あまりにも恐れ多い、若い娘さんに…」

低いベッドの縁に腰掛けている栄市じいちゃんに手を貸してみる。力を入れるまでもなく、おじいちゃんはすっくと立ってしまったではないか。

「あれ、何ともないじゃないですか、おじいちゃん。びっくりさせるじゃないですか…」

嬉しそうな横顔に、南からの日差しが明るく当たる。

「へっへっへっ、やっぱり、だめじゃ。こりゃ困ったかい、困ったかい」

「そんなことないですよ、歩いてみたらどうですか？」

「そんなことには使えん、それは出来ん」

留都子は、ここで気が付いた。やられた、やっぱり「エッチじいちゃん」に一本取られたのか、と急に心拍数が跳ね上がったような気がした。だがまだ勝負が決まったわけではない。ここで素直に引っ掛かるか、先手を取って返り討ちにするか、留都子の中に迷いが走っていた。それを右往左往させてはならじ、と心を引き締める。判断は寸秒を争うのだ。

「へっへっへっへっ」とまた、得意な笑い声を上げた栄市じいちゃんに数秒の隙が生まれたのだ。

留都子は今だと思った。二人だけのこの場、何を言っても困ることではない。

「おじいちゃんね、知ってるでしょ？　わたしに付いてないからって、自慢することないでしょ。昔から、道具多ければ悩み多しって言うでしょ、贅沢な悩みじゃないかしらね。自分で解決するのが男というものよ、おじいちゃん！」

「男」の部分にことさらアクセントをつけて言ってやった。さあ、おじいちゃんの反撃はどう来るか。

しかし「ヘッヘッヘッヘッ」が「ハッハッハッハッ」に変わってしまっただけで、そのあと、おじいちゃんは何にも言わない。先手必勝の手が、少しきつ過ぎたのか。横顔をそっと覗き見る。黙って何かを考え込んでいる表情だ。少々強すぎた切り返し手だったか。

「おじいちゃんは元気だからいいね。みんな喜んでるよ、ここに来るのが楽しいって」

本当の気持がすらすらと出た。お年寄り特有の〈食料〉を摂って元気の源としているのである。体中の〈部品〉が不調を訴え、修理不十分のまま毎日不機嫌に怒りっぽくなって当り散らすお年寄りであるよりか、遥かに幸せというものだ。

部屋の掃除や整頓、洗濯物なども、栄市じいちゃんは殆ど手間が要らない。自分でこなして行ける達者ぶりなのだ。ヘルパーみんな、話し相手をして役目を終えるだけの、恵まれた相手である。もしこの「方式」に納得できない人が一人でも出れば、たちまちにして「セクハラ」問題となって騒ぎ立てるに違いない、と留都子は思う。悪いほうに取るか、いいこととして受け取るか、それ次第で全ての事態は正反対の姿を見せる。

去年の秋、おじいちゃんは、重たくてかなわないほどの栗の実を、家に持って帰れと言って手渡してくれた。その時、こんな歌まで添えたのである。

「生栗一つで、へー三つ。ゆで栗一つで、へー八つ。ヘッヘッヘッヘッヘッヘッ」

と歌ったあと、「ありゃ、一つ足りなんだかの、ほんじゃ…」と言いながら、実物の放屁を一つ加えたのである。お年寄りともなれば、思うままに自由に取り出せる能力を習得しているものらしい、と妙に納得させせられたことを思い出す。

帰途、役場の駐車場から事務所までの僅かな道のり、桜の花にもまして菜の花の黄は特別に鮮やかである。それと思って目をやると意外にも金鳳花の一叢だったりもする。

河本さんに報告の義務はないけれども、簡単に伝えてはおこう。それぞれの派遣先のことで、仕事に直接影響しないものは詳しく話題にする職場ではない。

東京にも春はやって来ているのだろう。大きな公園や大名屋敷跡などに、同じように桜が咲き誇っていることだろう。学生生活の数年間、そして去年までの勤めていた三年ほどを、東京の四季をそれなりに楽しんでいた。夕暮れ時の、遠くから流れて来る電車の警笛、踏切警告灯の点滅、警鐘の音、救急車のサイレンさえ郷愁を誘う都市の素顔が、毎日あふれるように流れていた。

留美子は今もやはり、あの机に向かって、お年寄りを相手にしているのだろうか。

彼女とは大学こそ異なれ、同期入社、といっても二人だけのあの年の採用だった。名前が似通っているだけ注目され、一時は混同されたりもしたのだが、性格はまるで正反対だった、と思う。ともに超一流大学とは言えないまでも、名の通った女子大を卒業、留都子は今後の時代のことを考え、福祉関係の専攻コースを出ていた。特に期待もせず受験した専門外の「財団法人日本賢人顕彰財団」に何となく就職してしまった。留美子には別の動機や目的もあったようだが、当初から上品な、という表現も変だが、がつがつと利益をあげたりノルマをこなしながら競争に明け暮れるというイメージのないところが魅力であった。

入社当時、というよりも正確にはその数年前までは、やはり「上品な」仕事が主だったようだ。政財界の功労者・貢献者などの顕彰や記念のための諸行事企画、胸像や記念碑の製作斡旋、記念事業の立案、記念基金の設立手続き等、手広く活動分野を拡大していた。もちろん財団法人である以上、利潤追求の活動は認められなかったけれども、経理担当者がもらしていたのは、実像だったと思う。法制上の規制は、特別の監査でも入らない以上どのようにでも処理できるということだった。それよりも何よりも、お役所からの天下り先であったことがはっきりしていた。歴代の理事長は、次々とレールの上を走っているのだった。交替も一、二年と極端に早い。しかし、天下り自粛指導が始まって以来、事業内容までも急速に翳がさしてきた。さらに世の中の不景気が追い討ちをかけた。

多くの事業は、たちまち姿を消して行った。留都子らの仕事に奇妙なものが舞い込んで来たのはその頃からである。あの一年半余りは、いったい何だったのだろう、と今でも小さな悪夢のように思い出す。

留美子はまだ、その道に邁進しているのかもしれない。彼女の性格には適任のようなところもないではない。なにしろあの「狐目の女傑」という渾名は、伊達に付いたものではなかった。

二人の着席位置は隣り合わせ、簡単なしきりはあるが、隣の声は筒抜けである。同じパーソナルコンピュータを置き、同じ装置を配置して、ほとんど一日電話をかける仕事である。事前に会社から発送されていた金箔押しの封書〈『後世に残したい言葉』発刊記念特別ご案内〉によって返送されてきた葉書を基に、その方々に電話をする仕事である。

留美子の案内は徹底していた。その猫撫で声は、それと意識して聞いていても上品、親切、柔らかで感心したくなるほどのものであった。

――先日はお葉書をお送りいただきまして、誠にありがとう存じます。ご記入いただきました先生のお言葉、「自然は不自然をしない」とは、素晴らしいお言葉ですね。一同深く感銘致しております。つきましては、ご住所など今一度確認させていただきたく、ご面倒おかけ致します。お忙しいなか恐れ入りますが、どうかご協力くださいませ――。

まるで「上流階級」の発声である。まあるくほのかな柔らかいもので包みくるんで転がすがごと、しかも明瞭正確、心に響くメッセージが求められる。その要請にも簡単に合格の留美子の声音が流れてくる。そのあとが肝要な場面なのである。

――つきましては後日、製本致しましてお届け申し上げますので、どうかお納めくださいませ。元総理大臣Nさま、高名な日本画家U様、シャンソン歌手Hさまなどとご一緒で御座います。まことにおめでとう御座います。その際には、製本代、用紙代と致しまして二十二万八千円をお願い致しております。どうもおめでとう御座いました――。

机上の装置には二つのボタンがある。緑の方は、通話者本人がヘッドフォンで聞く以外に、他の者にも聞こえるようにするために、スピーカーに出力する「モニターボタン」、赤い方は、後日のトラブル防止のための「録音ボタン」である。

留都子たちの担当分野でないため正確には分からないが、返送されてくる葉書は十パーセントに満たないことは確かのようだった。したがって作業に追われるというほどのものではない。ふたりが交互に一件ずつ電話をしている状態が続いていた。

留美子のスピーカーから、相手のお年寄りの声が返って来る、

＝わたしはね、葉書は返したが注文した覚えはないよ。そんな経費、払うつもりはないよ＝

留美子の声が続く、

――ということになりますと、折角のお言葉をお載せすることが出来なくなりますけれども…

――

＝それで結構＝

相手の言葉の終わり部分がまだその辺りにやってきたか来ないかのタイミングで、留美子は「ブチン！」と切断ボタンを跳ね返す。あきれるほどの早業だ。即座に留美子の唇が踊る、

「この阿呆爺が！〈自然は不自然をしない〉だって。当たり前じゃないか、分かりきったこと言うな、馬鹿たれが。後世に残すだって、後世が迷惑こくってもんだ、阿呆爺、ボケ爺、貧乏爺が！間抜け爺、垂れ流し、こんちくしょー！」

相当な怒りようだ。慣れてはいるものの、留都子は時に吹き出したくなってしまう。今日は朝から「打率」が悪いのである。狐目がますます釣りあがって、見慣れてはいても留都子は目を逸らしてしまう。すんなり払ってくれるのは百人に一人か二人ではないだろうか、自分たちでチェックしてみる気もしない。ヒットしないのが当たり前と思ってかからなければならない。ただ数撃ちゃ当たるのである。集計は、七十歳近い事務員Tさんが行っている。

今日の〈自然は不自然をしない〉お爺さんは、まだましな方であろう。相手の方は殆どが年配の方であるだけに、なかなか手強いものだ。留都子など何度、涙を滲ませたことか、それを数えてみたり、思い出すこともしたくない。

ふんふんふん、とか、おーおーおーとか言いながら、物分かり良さそうに時間をかけて説明を聞いたあと、

「ところで、あんた何歳かね？　ほう、その若さで、この言葉の本当の意味が分かるかね。それは感心だ。味わいはどう思う？　なるほど。君の好きな人物を言ってくれたまえ、なるほど、それもいい趣味だ、わしはあいつは嫌いじゃがね。ま、一致せにゃいかんもんではないが、男女の一致は難しいからの、意味分かるかね、分からんほうがええよ、そのうち分かるとは思うが。ま、これは脱線か、といっても人生でこれほど大事なことはないからな。や、これはしまった、こんなこと教えにゃいかん義務は、おれにはないわけだ。自分で勉強することは、楽しいことだよ、しっかり頑張り給え、君の声は非常に印象的だ、かならず大成するだろう、おれが保証する。頑張り

たまえ。ところでな、おれはその本はいらんからな、一緒に出とるというN総理、おれは大嫌いなんじゃ、ま、これは冗談、はっはっはっはっはっ、冗談冗談冗談、愉快愉快、じゃ御免」ガチャン！　という類のものは少なくないのだ。この種のものは、あとで留美子と再生して、面白がったり怒ったりしたものだ。大成した年寄りか何か知らないが、ひん曲がった松の木のような、素直ではないいじけた人格が見えてくる。

不況のあおりを受けた財団は、詐欺まがいの勧誘を始めてしまったのである。出来上がったものの既刊の二冊を見ても、レイアウトや印刷所に、同じく不況のあおりを受けて暇になってしまった一流どころを使っているだけに、貧弱なものではない。むしろ見かけは立派なものだ。しかし原価はどう見ても、数千円というところではないだろうか、と留都子は見ている。内容の文言そのものは、どう言えばいいのだろう。言葉の持つ意味よりも、苦しみながら生き抜いてきた、行き先短い老人たちの怨念のようなものが、煮詰まってそこに目を剥いでいる、と言ったらいいのだろうか、気持悪く思えるほどの何かがある、と感じる。お年寄りたちは、真剣そのもので書き送って来たのではあろう。考えようにもよるけれども、留都子自身は、読みたくない書物だと思う。

返送されてきた或る葉書の余白に、こんなことが記されていたこともある。

「小学生頃までは可愛いかった孫、成人すれば憎たらしいばかり。これが我が孫かと嘆きの日々。一切の遺産を財団に寄贈したいほどなり。ああ無念」

この種の嘆きは、なぜか近親者に向かっているものが多い。配偶者、息子、その嫁、兄弟姉妹、不思議と「世間」に対する批判や嘆きが少ない。一応社会的に「成功」している人たちが多いせいからなのだろうか。

留都子はいつも思っていた。このような仕事は、向こう意気の強くない自分には向くはずもないと。そんな留都子に発破をかけるのは、留美子だ。

「生活がかかってるのよ。だってさ、相手は食べるに困らないお金持ばかり。なんてったって、死んだあとのことまで欲の皮をつっぱらしているのよ、遠慮するって手はないよ。もぎ取ってやらなくっちゃ。ご本人の強欲に、ご協力するってわけさ」

すごいファイトである。狐目は、このようにしてますます鋭角の度合いを増して行くのである。自室で留都子は鏡に向かって、自分のまなじりを指で吊り上げてみたこともある。東京の暮らしの中では、その方が似合うようでもあり、まったく滑稽に見えるようでもあり、毎日が宙ぶらりんの、落ち着かない日々を重ねていた。ちょうど一年前までの二年間ほどの仕事は、なんとも空しい作業ではなかったか。

財団の運用基金は、まったくと言っていいほどその機能を失いかけている低金利時代である。対策は人件費削減以外にない、というところに落ち着くのは誰の眼にも明らかだった。元高級官僚の理事長から、言葉優しく遠まわしに説得されるのを待ちかねていたようなある日、留都子は辞職の辞令を受け取った。三月の冷たい雪が窓外に舞い降りていた。

故郷の春は、去年も今年も暖かい。例年とそれほど気温に差があるものではないと父母は言っていたが、精神的な体感温度は、とても温かいのだ。これ以上熱くなると、一種の田舎中毒になってしまわないかと、心配なほどである。だから栄市じいちゃんの、実質セクハラも全然苦にならない。

村人の顔の中に、故郷の風景が、その緑や赤や青や、水色や黄緑や、漆黒の夜の色までも、ありとあらゆる要素が凝縮されているように見える。自分自身の身の回りを包み込んでいるものが風景なのか人間なのか、何だか判然としない。それほどに感覚が変化してしまっていると、ときどき留都子は意識する。そのことで不安になったり落ち着かなくなったりすることはないけれども、暖かい寝床の中でうつらうつらしているような、贅沢な心地よさをいつも感じている。世の中が不景気で、財団の運営が難しくなったのも、わたし個人にとっては幸せの源になったことになる。だからわたしは当然、狐目になるはずもない。これから年齢を重ねれば、「垂れ目」の方が心配だ。鏡に向かって、東京でしていたように、ちょっと釣り目に持ち上げてみたりすることがある。

栄市じいちゃんの「足バージョン」の日から一週間ほど経った日のことである。桜花があたり一面に豪勢な花吹雪を演出していた午後、「留っちゃん、面会の人よ」と、河本さんが化粧室にいたわたしを呼びに来た。

所長室横の面会室に入って驚いた。神妙に座っていたのは留美子だった。狐目がこころなしか、しょんぼりしている。それでもわたしを見たとたん、特別に元気そうな笑顔を作った。

「松山まで来て、道後温泉で泊まって、ぶらぶらしてたら宇和島バスの営業所からバスに乗ってしまった。そのつもりはなかったんだけど、つい、ね。ここまで遠いねえ、道後から三時間かかっちゃった、乗り継いだせいもあるけど」

突然の訪問者に戸惑うよりも、懐かしさの思いが真っ先に浮かび上がっていた。

「ゆっくり出来るんでしょ？　わたし、明日、明後日と二連休、家に泊まって」と、さっさと予定を決めていた。

留美子は三月で財団を退職していた。『残したい言葉』事業は、二冊だけで撤退と決まったのだそうだ。三冊目の予約者に、もちろん理事長名の文書も送るけれども、お断りの電話を入れるのが毎日の仕事になったという。あの手この手で勧誘しておきながら、今更お断りとは、しかも電話のあとで「悪態」をつくことにもならず、ぜんぜん気分が晴れない、体によくない、上半身に湿疹が出た、皮膚科でははっきりせず、心療内科で「ストレス性」と診断された、などと経過の説明はすっきりしている。

父母は、遠来の客を歓待してくれた。十歳近くも年の離れた弟亮太は、高校の同級生まで呼んできて、東京の〈お嬢さん〉を何かと相手にしていた。留美子は、洗練された雰囲気の体型である上に、例の狐目のせいで、ずいぶんと鮮麗に見える。しかし実際の出身地は岩手県の山の中なのである。

二階の六畳間、留都子の部屋に布団を並べてやすむ。一年ちょっと前なのに、東京がそこに蘇って来るようだ。今昔の落差が大きい分だけ、留都子の方が感傷にふけっていた。日ごろの留美子にしては口数が少なくなっているのにも気付かなかった。東京や財団の話、街中の様子などばかり訊いていた。

確か、階下の電話が鳴っているようで目が覚めた。薄明るくなっているようだ。時計を見ると五時前か。それからまた眠りに落ちた。

母が階段のところまで上がって来てわたしを呼んだ。小声で耳打ちした。

「昨日の午後ね、山上の栄市さんが亡くなったって。今朝、役場の河本さんから電話があった…」

夕べは、警察が来ていて家には誰も、はいれなかったのだそうだ。近所の人が見つけたとき、ベッドで冷たくなっていたからである。一応「変死」なので、現場検証、検視、第一発見者や近所の人たちからの事情聴取など、何かと面倒だったらしい。丁度、留美子と面会室を出て裏山の公園で話をしていた頃である。あのとき確か、救急車の音と思って何気なく聞いていたのはパトカーのサイレンだったのだ。あれほどに元気だった栄市じいちゃんが、あっけなく死んでしまうとは。高齢者はいつお迎えが来てもおかしくないのだ、と母は言った。

身寄りのない栄市じいちゃんの葬儀について、区長さんたちとの相談の結果、遠い親戚だとされる、うちの父が喪主を務めることになった。当然わたしも手伝わなければならない。事情を知った留美子は、手伝わせて欲しいと申し出た。父母も喜んで請けた。

「黒の服がないわ…」と留美子さん。

隣の町に、潰れかけの、廃業同然の貸衣装屋がある。車で二十分ほどである。今夜は通夜、それまで留都子らに特段の用事はない。ドライブを兼ねて喪服を借りに走る。

「田舎の道はいいわねえ。車は少ないし、景色はいいし…」

静かな口調でしゃべってはいるが、助手席の留美子の心が弾んでいるのが伝わってくる。突然に栄市じいちゃんの面影が浮かんだりして落ち着けない。出来るだけ今は考えないことにして、留美子に合わせることだ。一緒にいる今に専念しようと決める。

「なんかお日様も真上から照らしているよう。角度がずいぶん違うと思わない？」

留美子がそう言うけれども、そんなものなのか。東京はともかく、岩手とでは照射角に違いがあることは確かだろう。留美子には動物のような鋭い感覚が残っているのだろうか。

遠近に桜の花の残っている風景が次々と流れていく。長閑な春景色。ピンクの花の群れは何だろう。蓮華草のようでもあり、田んぼの中でないとすれば、また別の花かもしれない。早々と柔らかく芽吹いている木々も少なくない。薄紫色だったり、淡い赤味を帯びたり、ほんのりと山々や里の野山を彩り始めている。二人のドライブは、春の真っ只中、デートの一つのようである。

心のうちに、ときめきのようなものを感じながら車を走らせる。風と一緒に、鶯の声や大瑠璃の囀りが一瞬流れ込んで来る。

鶯谷の栄市じいちゃんの自宅で、お通夜だった。訪れる人も少なく静かに過ぎて行った。両親を早く失くしたおじいちゃんの昔のことを知っている人も少なかった。この村には数人の尋常小学校時代の同級生が健在だという。区長のYさんの話である。しかしその人たちみな、体のどこかを悪くしていて、とても栄市じいちゃんのようなわけではなかった。大半が村立の養護老人ホームか、特別養護老人ホームで暮らしているそうだ。八十六歳では、無理からぬことである。そんな話が小さな祭壇の前でささやかれた。

留都子と留美子も、黙ってそんな話を耳にしながら、夜の更けるまで同席した。

翌朝、村の空は淡く水色に靄ってはいるが、そよ風も吹いて穏やかな日和。朝九時に栄市じいちゃんの棺は自宅を出た。見送りはご近所の数軒の人たち、静かな出棺である。村営の火葬場に向かう。葬儀一切をそこで行う手はずとなっている。

村役場の職員や農協葬祭部の人たちが、進行の手助けをした。留都子と留美子は受付を担当した。

「まあまあ、こんな若い娘さんに助けてもろて、栄市じいは果報もんよのう…」と、記帳しながら洟をすするおじいさんもいた。

小型バスが二台、定刻前に駆け込んできた。養護老人ホームと特別養護老人ホームのものである。何人かは車椅子の人もいる。栄市じいちゃんが、こんなにも人気があったのかと留都子は不思議だった。皆が着席するまでに、かなりもたついた。留都子は受付を留美子に任せ、ホームの職員たちの助けに走らざるを得なかった。中に留都子の顔見知りのおばあさんも居て、「久しぶりや、やれうれしや、あんたの介護とはなあ」などと言ってくれた。

読経の間も、椅子の背もたれに寄りかかりながら、自分の体調に耐えかねているほどのお年寄りが何人かいた。さらに留都子が驚いたのは、お経の間は三十分ほどではあるが、その間でもきついからと、焼香の時分を見計らって、もう一陣がやって来たことだった。河本さんが耳元で囁いてくれたのである。

父母に続き、留都子は三番目に焼香した。そのあとに尋常小学校の同級生だという人たち数人が続いた。やっと歩けるほどの人もいる。

段差などなくても、そこでもう躓いている人がいる。足も手も、腕も腰も自分の思うように動いてはくれないのだ。じれったいという気持が、必死の形相に出ている。まるで我が身と戦っているようではないか、と留都子は思った。見ている自分の筋肉の一部に力が入っているのに気付き、あわてて力を抜く。

今日一日の体力の全てを、ここで焼香するためだけに出し尽くしてしまう、と思われるほどに息絶え絶えのおばあさんが一人いた。ここはいま、静かに続く戦いの場ではないのか。ふと、最後部にいる留美子を見た。例の狐目を、まるで狸の目のように丸く見開いて見つめているのだった。

一人のおじいさんが、焼香に向かうとき大きくよろめいた。前にいた和服の女の人に抱きつくような格好になってしまった。思わず留都子は「やったな、おじいちゃん」と、まるでそれが栄市じいちゃんであるかのように錯覚してしまった。まさか故意に倒れ掛かったわけではなかったろうと、とっさの自分の反応が恥ずかしかった。お年寄りたちは真剣に、顔を緊張させ呼吸を高ぶらせながら、やっとの思いで祭壇の前に辿り着いているのである。

席に戻りながら、つぶやいている人がいる。

——なんで元気な栄やんが、先に逝くんや。わしらこそ、早よ逝かにゃならんのに…

——あれは、いい奴よ、誰にも面倒掛けずに逝きやがった。最後まで格好つけてのう…

小さい声ではあるが、狭くて静かな室内では、はっきりと聞こえる。お年寄りたちの何人かは口々につぶやいているのである。まるでそれをこぼしたくてやって来たかのように。

留美子も最後に焼香を済ませた。彼女の横顔の、その瞳は潤んでいるように見えた。

形ばかりの葬列が終わり、棺は焼炉の中に入って行った。留都子の父が着火の赤いボタンを押す。

別室に戻って、ささやかな会食が持たれた。

元気な同級生の何人かが残って、席に着いた。ホームの職員も近くのソファに掛けて待機している。

どこの席でも、あれほどに元気だった栄市じいちゃんの突然の死が話題だ。区長のYさんが、死因は「急性心不全」と診断された、と報告をした。

留都子と留美子は、ここでも手伝うことにこと欠かない。河本さんたちにも手伝ってもらって、お茶や飲み物、配膳、おしぼり、その他の手配、こまめによく動いた。

若い二人には、まだまだ十分に体力が余っていた。あの老人たちに比べれば、有り余る力や時間が自分自身のものだった。じっとしているのはおかしい、それは不自然なことなのだと、心のどこかが告げていた。

その夜、自宅の茶の間で父の報告を聞いた。

お骨はY寺の和尚さんが持ち帰る。十年間は丁重にお寺預けの仏さんと同様の供養を行う。十年よりのちは、地下の共同供養堂に移して祭らせていただく。そのように区長や役場の人たちとの協議で取り決められた。中でも、尋常小学校の同級生たちは、出来る限りの力で奮闘した。彼らの働き掛けがなかったなら、本当に寂しい無縁仏のような送り出しになったのではないか、とのことだった。

「いま頃は、生まれ育った鶯谷の奥の方へ、ゆっくりと帰って行きよるやろ、鶯の声、楽しみながらの…」

　責任を果たした父の顔に安堵の笑みが浮かんでいた。

　二階の寝室で留都子と留美子は並んで布団を敷き、三晩目の深夜を迎えた。

「変なお手伝い、させてしまったね、留美子…」

「かえってよかった、お手伝い出来て。迷惑かけるだけだったのに…」

　共によく働いた。留都子は満足して眠りにつけると思った。だがしかし、それが叶わぬことを、いきなり留美子は話し出したのである。

　――財団退職とは関係のないことだが、岩手の父母の元に帰省してから出直そうと考えていた矢先、両親が離婚してしまった。留美子が高校生の頃から仲が悪くなっていたことは知っていた。高校二年生まではグレてしまったけれど、受験勉強の中に逃げ込んだ。東京の有名女子大に入れたのもそのお陰、とうとう別れたのか、としか思っていない――

　淡々と留美子は話す、

「でも帰って行くところがなくなっちゃった。岩手のあの町には、同級生もほとんど残ってないし…、これからどうするか、まだ決めてない…」

　しばらく言葉が途切れた。

「留都子が羨ましい。こんないいところがあって。百歳まで頑張ってても、何の心配もいらないじゃないの」と茶化した。

これから留美子はどうするのだろう。留都子は、天井に向かって眼を開いているばかりだった。

くすのき、秋の日

その手紙の表書きは、若い女性の手のもののように見える。まろやかさのうちに真っ直ぐに向かってくる勢いが感じられる。差出人「杉浦衣月」に、思い当たるところがない。日本海に面した小都市の、その住所に知人もいない。俳号ではないかと推測しながら、どのような用向きなのか、興味をそそられる。

若い女性とすれば、かつての小学校時代の教え子の一人かも知れない。彼らも中学生くらいまでは、便りをくれる者が少なくはなかった。しかしそれは急激に数を落とし、今では年賀状さえ珍しいものとなった。こちらが現役を退き、年をとったせいでもあろう。それで、少なくとも幾らか心ときめかせながら封を切った。

「衣月」は「いつき」と読み、俳号でも雅号でもなく本名であった。教え子の中にその名の記憶はない。一度聞けば、忘れることのない名前である。

礼儀正しく手紙は書き出され、要領よく自己紹介が述べられている。富山県黒部市のT小学校で教諭をしていること、愛媛県喜多郡K村生まれ、二十九歳とある。母は杉浦奈々子、旧姓重橋です……。

私は思わず眼を見開いた。ずれ落ちていた老眼鏡を、右の中指で突き上げた。注視するとき出てしまう癖である。そしてあの、自分にとって必ずしも快適とはいえない、記憶の底に押し込めて来た胸の奥の重い映像をにわかに思い出す。ある意味でそれは、自分の青春の甘酸っぱい果実であっていいはずなのに、年月が経っても苦い部分の勝った、未熟なままに固く、地に落ちてしまったものである。

――ぶしつけなお願いで、誠に失礼とは存じますが、もしお許しいただけるようでしたら、母のことでお話をうかがえないものかと、お便りする次第です。

やはり母親のことで、と納得しながらも、四十年近くも昔の、手繰り寄せるようにしなければならないはるかな事象の検証ともいえる、気の重い話なのだと一瞬思う。

けれども一方、奈々子先生の娘さんが母親から引き継いだ、私に訊かなければならないものがあるとすれば一体何であろう、という好奇心に似た期待が膨らんでくる。年を経た暇人の余裕というものであろうか。

――夏休みに、墓参のためK村に帰省いたします。ご都合のよろしい日時等をご連絡いただければ、幸いに存じます。

この頃の若い子にしては、かなり型にはまった古風な書き方だ、と思った。無駄なことは一つも入っていない。しっかりと力のある筋の通った筆勢は、それに適ったものだ。奈々子先生もこういう字であったろうか、今となっては思い出せない。ただあの時こんな筆跡の手紙を受け取っていたとしたら……おそらく、いや確実に私の人生は別の岐路に入っていただろう。衣月さんの文字がそんな感慨に耽らせる。

私はためらわず返事を書いた。どこかに出かけるのも大儀だったので、ぜひ自宅においで下さい、とした。K村からなら列車、バスと乗り継いでも三時間ほどのものであろう。

数日後の夜、衣月さんから電話が入った。返信には電話番号を書き添えておいた。流れて来た声に、私の鼓動は一瞬つまずいた。それはまさしく奈々子先生である。「あ、あの……」と口ごもる私に、「すぎうらいつきです。先日はお返事いただきまして…」と、先方ははっきりと名乗っている。私のあわてぶりなどとは関係なく、彼女はいたって落ちついた礼儀正しい話ぶりである。

八月二十三日が約束の日と決まった。

翌朝早く縁側に出て、庭先からはるかなS川の流れに至るまでの田園の風景をみる。ついこの間までの若草色の田んぼの連なりがすっかり深い緑となり、点在する農家の屋根の甍や植え込みの濃い群青を織り込みながら、緩やかに傾斜している広がりを眺める。

この縁側からでは、目の高さよりは梢はやや下方であろうか、小学校のあのくすのきが見える。もりもりと繁らせているその天辺も樹形も、大きささえも四十年ほど昔とほとんど変わっていない。

〈事件〉は、あの木の下で起こった。

あの時突然のことだった。大きな悲鳴が聞こえ、教員室の全員が総立ちになった。すぐに、

「早く来てーっ！」

と、叫び声は続いた。奈々子先生の声だ。廊下へ飛び出して行った何人かの先生方とは逆に、私は窓辺に走り運動場を見た。奈々子先生が駆けていくその向こう、くすのきの真下に生徒が倒れている。二人か。どちらも仰向けだ。私は窓枠の手に力をこめそこから飛び出した。花壇の花を幾らか蹴散らした感覚を引きずって走った。奈々子先生が倒れこむように地べたに座るのが見えた。

膝の上に抱えられたのは二年生の野田龍一だ。すぐそばに倒れているもう一人、同じクラスの高見直美を、急いでしかしそっと抱き起こす。右の額から血が流れている。

「吉村先生、龍一君の頭から血が出ています」

奈々子先生の声に、

「こちらもです」

と私は答えながら、龍一の方を見る。怪我は直美の額と同じようなところだ。

他の先生方がばたばたと走って来た。

「早く岩崎先生をお願いします」

奈々子先生が校医の名をあげる。直美が薄目を開けたかと思うと微かにうなり声を出した

「龍一君！　龍一君！」

奈々子先生が呼び続けている。

「直美！　分かるか、直美」

口を引き締めたままうなっている。

「保健室へ連れて行きましょう、そーっと、そーっとですよ」と誰かが言った。力を入れて抱き直そうとしたとき、うーん、とうなった直美はいきなり目を見開いて体を起こそうとした。そしてすぐ横の龍一を見るなり、「イイイイーッ」と奇妙な声をあげ、両手を延ばし龍一の顔のあたりを掻きむしろうとするような行動に出た。

「あれあれ…」という奈々子先生の声と同時に、龍一も「あ、あ、あ」と変な声を出しながら目を開いた。しかしその目の焦点が定まっていない。

「しっかりするのよ」と口々に励ましながら、小柄な直美は私一人で、龍一は三人ほどで抱え挙げ、保健室に向かう。

岩崎医師は、傷の手当てをしたあと、外傷自体は大したことはないが二人とも頭を打っている、念のためM市の病院で診てもらった方がいいと言った。わたしの車で運ぼう、とつぶやきながら奈々子先生と私を廊下に連れ出した。

「それとのう診ただけですけんど、どっちもおしっこは、もらしとらん思うんじゃが、どうですかいの？　おふたり、その点……」

思わず奈々子先生と顔を見合わせ、異口同音に「それは感じませんでした」と答えた。

「多分、大事無いやろが、頭じゃけんね。それに、なんで怪我したんかの言い分が、食い違うとりますらいね」

龍一は、くすのきの周りで追っかけっこしていて正面衝突したといい、直美は龍一が木の上から落ちて来た、と主張していた。

「男の子は柔らかいもんでやっとる。じゃが、それにしては傷が太い。女の子は確かに地面じゃね、砂が入っちょる。真相究明のほうは、先生がたの仕事ですな……」

奈々子先生とまたも顔を見合わす。

「傷のことも大事じゃが、なんぞあったんぞな、…そのほうも大事やろう」

今年着任したばかりの奈々子先生には、二人の担任として大変だろう。私は少し同情する。

「それも、あの子らがすっかり落ちついてからにして下さいや」

岩崎医師は、私らを眼鏡越しににらんだ。

M市の病院外科では、どちらも一時的な脳震盪だろうとの診断であった。ただ大事を取って一晩だけ入院となった。直美の両親はすぐに駆けつけた。龍一の母親は仕事を抜けることが出来なかった。地元の農産品加工場では、丁度ゼンマイやフキの加工の最盛期であった。

私は奈々子先生に、そこの工場長が、経営者ではないが雇われた責任者で、直美の父高見玄三であること、また、龍一の父親は大阪へ出稼ぎに行き、数年前から帰って来なくなってしまったこと、などを手短に説明した。

高見玄三は、看護師などへの心付けの菓子箱のようなものを、手早く持参していた。龍一の母親を来させるよう指示しなかったのが多少気が引けるのか、龍一にも優しかった。その両親を見る直美の目が気になった。もちろん奈々子先生も感づいているのだろう、直美と両親の双方にしきりに視線を動かせる。龍一はいつもよりずっと、淋しげな眼差しだ。直美は、瞳の奥から突き刺さるような光を放っている。


職員会議が意外と長引いた。あのようなくすのきの大木を校庭に放置するから、子供の危険な遊びを誘発するのだと主張する教師が少なくないのには、私も驚いた。伐ってしまったらどうか、業者はどこそこがいい、などという先生さえいた。それはまた、木の上から龍一が落ちて来たという直美の言い分を前提としていることでもある。

ほとんど黙ってうつむいている奈々子先生が気になる。時に涙ぐんでいるようにさえ見える。

「道徳」の教科担当のF先生から、第一学年の道徳学習指導案の中に、自然愛・動植物愛護を取り入れたばかりなのに困る、という主旨の控えめな抗議が出た。それに対し、子供の命が云々と言っているときに自然愛もないでしょう、と昂然と言い放ったのは、ときどき居眠りしていた教頭である。すると「生活」科担当の先生など三人ほどから、生活科の総合学習指導案の中にもそれと連携して、動植物との接触など積極的に取り入れるべきだと決めたばかりだ、と意見が出た。教頭は三人を、軽蔑したような、半分眠ったような目つきで一人ずつねめ回し、机上を鉛筆でコツコツとつつき続けた。

直美と龍一についての具体的な対策など、ほとんど話し合われなかった、というよりも、肝心の問題の周辺を遠巻きにぐるぐる回っている議論であった。会議の初めに教頭がもらした「ここで、みんなで〈藪の中〉やっても意味無いでしょうが…」の一言が、皆の意欲を著しく損ねていたのも確かである。龍一と直美の言い分の違いは、担任の奈々子先生が調べて校長に報告すること、で終わってしまった。ただ最後に、校長は「明日、双方の親御さんに来てもらって、お話をうかがうことにしております」と、落ちついた口調で告げた。

校長室の窓を開け放っているため、この山麓の学校には五月の気持のいい風が吹き抜けて行く。ただ休み時間には子供たちの、叫び声の塊ともいっていいざわめきが入ってくる。そのせいでもないだろうが、高見夫妻はなぜか落ちつかぬ様子である。担任の奈々子先生と、最初に介護したということで私も話の中に加えられていた。

高見玄三は、いつも妻をカバン持ちのようにして連れ歩いている。確かに奥さんはその役目を十分に果たしている様子で、傍で見ていても何かと便利だろうと思われた。しかし口さがない連中は、旦那の女癖に泣かされた永年の経験から得た奥さんの知恵なのだ、とあからさまに面白がったりしている。

龍一の母親は、始終暗い顔をして、めったに口を開かない。工場長に気兼ねしているようにも見受けられるが、性格的なもののようにも思える。旦那が帰って来ないのもこのせいか、などといらぬことまで想像した。

校長は、どうしても事故の原因を知りたいのだろう、「これからのこともあるので…」と何回か繰り返し、みなの発言や考えを述べるよう再三促した。

高見玄三の態度は、変わらない。

「いやいや、二人とも元気になっちょるんですから、あんまり責めんほうがええでしょうが。どっちにしても大したことのうて、何よりというもんです」

「と言われましても、これからのことも考えて…」

「分かったところで、あの子らに責任取らせるっちゅうことでも、ありますまい」

玄三の言ってることに一理はある。

「本職の先生に向こうて、お門違いなんですけんど、子供の言うことは信じてやらんといかんです。大人のほうは、信用でけんちゅうこたぁ多々ありますけんど…」

暗に龍一の父親のことを指しているのである。小さくちぢこまっている龍一の母親を見る。

「親が子供を信じること、これは教育の原点でっしゃろ？　いやー、これは口幅ったいことで…、悪いですなあ、校長先生、つい調子に乗っちまいまして、いやいやいや…」

「それはご遠慮なく、ごもっともなことです」

「それと清濁合わせ呑む、ちゅうんが大事だす。人の上に立つちゅうことは難しいことですけんど、まあこの心構えこそ、世の中丸う治め、みんな、和を持って幸せに暮らせることですけん」

校長は、これ以上話が進展しないと諦めたのか、お忙しいところご苦労さまでした、といきなり話を打ち切った。それにしても高見家は、しごく楽天的に暮らしているようだ。一方、龍一の一家は大変かも知れぬ。母親があのようでは、ひごろ龍一が物思いに沈みがちなのも無理もない、などと思いながら、私は校長室を出た。

帰りがけ龍一の母親が寄って来て、「先生、龍一の勉強の具合はどうでしょうか？」と訊いた。

「私は担任ではないのでよく分かりませんが、国語や社会など、立派なものだと思いますよ。算数が弱い、とか。いやこれは、本人が言ってたことだったかな…」

「みんなについて行けるほどのものでしょうか？」

「それはもちろん、十分と思いますよ」

彼女は、初めてうれしそうな笑顔を見せて玄関を出ていった。

校長室の前で、うつむきかげんに出て来た奈々子先生と、いきなり鉢合わせしそうになった。

「おっとっとと…、我々までひっくり返ったんでは……」

この冗談は、うまく通じなかったようだ。

「吉村先生、ご相談があります」

硬い表情の奈々子先生に従って図書室に入る。

「校長先生に指示されました。二人によく訊いて本当のことを知らせてくださいと」

「そうですか、大変ですね、両方とも信じるというわけにはいきませんしね」

私は、ひとごとのように茶化しかげんであった。それがえらいことになる前触れなどとは予想も出来ず……。

「一人では大変でしょうから、吉村先生に手伝ってもらって一緒に取り組んで下さい、とのことでした…」

「はあ…」

私も頼りない返事をしたものである。二十代半ばの教師などというものは、そんなものであろうか。早くも胸中に、陰鬱な龍一の母親よりか高見玄三の方がはるかに楽だろう、という怠け心が頭をもたげていた。裏返せば直美の言っていることでもいいのじゃないか、といういい加減な判断の別の形でもあった、がそれを、明確に私が自覚していたわけではない。しかしそれらが不覚にも私の一生の傷痕になろうとは。

単純に、とりあえずは家庭訪問ということになった。高見家に行きたいという私の申し出に、奈々子先生は意外とあっさり、わたしは野田さん宅へ伺います、と個別の行動を認めた。

結果は奇妙なものであった。またもや私は、高見玄三に〈教育〉されたようなものである。最近の学校の先生は、生徒の個々についてこだわり過ぎる。子供は子供じゃないですか、詮索し過ぎて本質的なものを見失っている。もっとマクロに児童を見て、集団の場での彼らを包む全体の雰囲気作りが大事である。それを怠るから、行き違いばかり起こる。個性の違いをつつき回ってどうするというのです。結局みな孤立させるだけではないですか。子供たちには平等に、基本的に人間として必要なものを教えるのが教育というものでしょう――というふうな内容の説教を聞かされた。私は特に反論も出来なかった。かなり真面目に相槌まで打ってしまったときもある。さらに「子供の気持にどこまでなってます？　起こった目の前のことに目を奪われるのではのうて、肝心なのは心のつながりでしょうが」と、とどめまで刺されてしまった。

日頃子供の相手ばかりしていると、大人同士の議論に無力になっているのではないのか、大学時代には理屈屋であったはずの自分が、今じゃまるで筋力を失った陸上選手のようにふがいない。ふと空恐ろしい思いがよぎったりする。

さらにみじめなことが起こった。

龍一の家から帰った奈々子先生は、何もしゃべってくれなかった。彼女は沈痛な面持ちのまま校長室に入っていった。その日放課後、私は校長に呼ばれた。奈々子先生も同席した。

私には自覚が足りなかったというほかないだろう。生徒の行動や心情は、家庭の状況に大いに関係するのだから、という当たり前の情緒安定論から、玄三に言われたままの抽象的な大局論まで校長に向かってぶってしまったのだ。龍一の母の暗い表情が思い浮かぶたび、世の中が急に重くなるような気がして、反動のように、それに比べ両親そろった直美の、悪戯が過ぎるくらいの元気さについて擁護論を繰り広げてしまったのである。

「この問題は、重橋先生がいま対策を考えています。ご苦労でしたがあなたは、このままそっとしておいてください」

と校長からお役御免を言い渡されてしまった。私も気の弱いところがあるものだ。校長にも奈々子先生にも問いただすことなく引き下がってしまった。

それから数カ月たったあの日、またもや騒動が起こってしまった。

二年生が音楽の授業を終え、教室に帰って来たときである。全員の保温水筒が窓の外に放り捨てられていた。

「お茶の中がキラキラ光ってる…」「水筒がおしっこもらしてるみたい…」などと、子供たちは面白がっているものもいた。十三本が壊れ、無事なものは数本であった。この日、水筒を持って来ていなかったのは直美と龍一であった。クラスの皆の目が二人に集まる。

当の二人は、かたくなに押し黙って、いつまでも黙秘権の行使を貫いて譲らなかった。奈々子先生は校長室に呼ばれた、というより相談に行かざるをえない。それぞれの保護者に金銭上の負担を強いることになるのだから、うやむやにすませることにはならない。

またもやお役目が私に回って来た。

今度は、直美の母親がその日の朝の出来事をすんなり話してくれた。直美が登校したあと、玄関に水筒が忘れたままになっていた。たまたま用事のあった工場の事務員が立ち寄ったところだったので、自転車で直美を追っかけてもらった。ところが手渡した途端、彼女はそれを放り投げ、壊れてしまったのだという。母親が持ち出して来たそれは、かなりいびつな格好にへこんでいた。奈々子先生の方もはっきりしていた。あの朝、龍一の母親が発熱していたため工場を休むことにした。龍一は学校を休むといって、いつまでもぐずぐずしていた。母親は少し元気になったから、といって起き上がると、龍一はご飯も食べず急いで登校して行った、というのである。

校長室で、三人は頭を抱えていた。状況は明らかに直美に不利である。しかしなぜ龍一は自分ではないと言わないのか。

そのとき私は唐突に、ほとんど忘れかけていたあの夜のことを思い出した。奈々子先生の着任前である。台風が九州沖を北上していた。明日は臨時休校と決まった夜、電話のない龍一の家に伝えるため、帰りがけに立ち寄ったことがある。確か十時近かっただろう。玄関でいきなり高見玄三と鉢合わせした。「やあー、これは吉村先生!」といつもの調子のいい玄三の大声に、工場の方も台風となると大変なんだ、と頭の隅をかすめただけであった。あれは去年の秋のことである。

「なぜ、龍一君は黙っているんだろうね」

校長がつぶやくように言う。

そのとき、廊下からどすどすと聞きなれない足音が近づき、いきなり高見玄三が入って来た。

「うちの子が疑われているようですな、だがほかの子かも知れんし、まして野田龍一君を疑うとは可哀相というもんです。ここはわたしからということじゃのうて、篤志家の寄付としてもろうて、処置願えんもんですか…」

玄三はそう申し出たのである。校長室の壁の上部横桟には、ずらりと並んだ歴代の校長像が並び、謹厳な顔付きで見下ろしている。そのどれもが何か言いたげに見える。

校長と玄三との間に多少やり取りがあって、結局すべては暗黙裏の了解のままに、玄三の申し出のとおりに、ということに決着した。

校長室を出ると、私は奈々子先生を図書室に誘った。あの秋の夜のことを思い出した以上、聞きただささずにはおれないことである。この前のくすのきの下の怪我事件のとき、龍一の家で一体なにがあったんですか、と詰問した。

彼女は、以前の校長室での私の〈演説〉をとりあげて、失礼ながら年齢のわりに考え方が違い過ぎるようで、固定観念や先入観のある人には…と遠慮もせずに言った。私は途端に赤面するのを覚えながら、あれは一般論に過ぎました。高見玄三氏の毒にやられておりまして、と弁解した。あまり信用は出来ない、という面持ちながら、「知ってもらってるほうが、いいかもしれません」と、奈々子先生はあの日のことを明かしてくれた。

母親は淡々と、友達にでも話すように全部教えてくれたという。

——いつも、うちの子は、と言うても、ひどうなったのは一年ほど前からです。つねずね直美ちゃんの子分のように使われとります。わたしがあの工場で働いとるからでしょう。あの日、友達の陽子ちゃんが桜の木に登って遊んでいた、と話したところ、うちだって登れる、人間梯子になれと命じたんやそうです。龍一のバンドに足をかけ、背中に乗ってからシャツの襟をつかんで引っ張ったもんですから、ボタンが一つ切れて飛んで行ったようです。肩の上で、もうちょっと、もう少しと背伸びしていたんですが、最後にはとうとう龍一の頭を踏みつけて、ぐいっと登ったそうです。スカートのままですけん、うちの子も上を見んようにしとったそうですが、頭を踏まれたとき、首の骨がグリッと音がしたのを思い出して、急に腹が立って来て、そんで上を見るなり「あれー、パンツが破れとるが！」とでたらめ叫んだそうです。途端に直美ちゃんが落ちて来た、と言っとります。受けとめなきゃと思ったときには、目の前が白うなって、そのあとは何も覚えとらんいいます。病院から帰ってお風呂に入ったとき、右の胸の所に大きな紫色の痣が出来とりました。——

ときどき笑みを浮かべることはあっても、奈々子先生は、決して緊張を緩めない顔で私に向かって話した。

さらに驚かせることを奈々子先生は言ったのである。病院で二人だけになったとき、「うちのお父さんお母さんは、嫌いです」と直美が涙を浮かべ小さな声で言ったという。どうして？　と訊いても、どうしてでも、としか答えず、直美自身よく分からないふうだったと。玄三がこれを知ったら何と言うだろう……。

私はいったい今まで何を見ていたのか。何を調べていたのか。真実が全然、自分にそっぽを向いてしまっているではないか。

「龍一君親子は、一緒になって頑張ってるんです…」

私の目を見ながら奈々子先生は言った、

「…じっと耐えてるんです。それに、直美ちゃんだって可哀相です…」

あれから三十数年が過ぎた。玄三も、龍一の母も何年か前、亡くなった。直美と龍一、どちらも都会へ出て行った。元気に暮らしているらしい。この間、子供を三人も連れている陽子から聞いた。あの頃の小学生がすっかりおばちゃんだ。

八月の二十三日、今日もいい天気になった。暦では「処暑」である。暑さが続いている。しかしこの斜面では涼しい風が吹き上げて来て、正午を過ぎた今も家の中を走り抜けて行く。私の目論見は当たった訳だ。エアコンの必要な日は数えるほどしかない。

間もなく衣月さんがやって来る。庭の縁に出て風景の広がりを、その中を登ってくるだろう白と水色のツートンカラーのバスを待つ。

「待ち遠しいことですね今日は。お茶、ここに置いときますよ」

縁側から家内の冷やかしだ。

「初恋の人の娘さんとはね…」

なにが初恋のものか、私の終わりの恋ではなかったのか、まったく二十代の半ばにしてだ、と胸のうちでつぶやいている。

棚田の下のバス停にバスがとまる。乗客が二、三人降りる。田んぼの緑の中を見え隠れしながら、白い帽子、白い服の女性が登ってくる、時々帽子を左手で押さえたりしながら。

玄関に入って来た彼女は輝いていた。若い子を正視すると眩しいものだと思う。今日はまた特別だ。背丈こそはるかに高いと思われるが、全体は奈々子先生の若い日に生き写しだ。奇妙な気分に襲われる。

「今日は、ご迷惑おかけします。遠慮せず、参りました」

声もそうだ。この年になって慌てるわけではないが、平常心、平常心と、どこかで号令をかけている自分がいる。

「お家、変わられたんですね、ちょっとあわてました」

「そうなんですよ。県道の拡張に家が掛かりましてね。思い切ってここまで上がりました。ただ農地は買えないので、無住になった農家の屋敷です。古屋取り除きに退職金を沢山持っていかれました」

「バス停前の女の方に教えてもらいました、大きな綺麗な目の女の子のいる…」

それは、陽子だ。衣月さんも大きな綺麗な目をしている。

「あの人は、陽子さんといってね、私の教え子です」

ふるさとはいいですね、と衣月さんはほほえみながら、すらりと背筋を伸ばして部屋に入って

か。

来る。縁側の外の田んぼの連なる風景を見て、

「あれが小学校のくすのきですか？　随分大きいですね」

彼女がくすのきのことを知っているとは奇異なことだ。母親から〈昔話〉を聞いたのであろうか。

彼女に、縁側の籐椅子を勧める。

「涼しい、いい風だこと。ここは風が見えるんですね」

そう長くはないが、やや栗毛気味の髪をなびかせて目を細めている。

すっかり成長した稲の葉の、その緑の柔らかい広がりの上を、湖面に寄せる波のように走ってくる風が見える。下の田んぼから上の段に移り、棚田を一つ一つ、巨大な風呂敷のように、生きもののような風が通り過ぎる。

意外なことに彼女は、お母さんから私の名前を聞いたことがなかった。かすかな失望が胸を浸す。奈々子先生と学校が一緒だったのは、三年ほどであった。しかし私にとって、彼女はずっと一つの指針を意識させる存在であった。それに比して、私は何者でもなかったのか…。

新米教師時代の、あのくすのきの下で起こった〈事件〉のあらましを、私は話した。

多分、あなたのお母さんには少し軽蔑されている、頭の固い若造教師だったと思いますよ、と言えば、衣月さんは、そうだったんですか、もっと仲が良かったようなお話に聞こえましたけど、ふふふと笑う。

そう言われてみると、あの夏のK岳登山の日から、私は、いやどちらも急変したのだ、と思う。しかしそれはもう、二人の終幕に近い季節であった。

「あの夜は素晴らしいひとときでした。大げさに言えば、私の人生を変えた日です。その意味であなたのお母さんは、大変な恩人でした」

K岳での記念写真を持ち出して来ようかと思ったが、話の腰を折りそうなのでやめた。そのお話、ぜひ聞かせて下さい、と衣月さんは眼を真っ直ぐこちらに向けた。

「随分やかましいセミでしょう?」

コーヒーと梨を運んできた家内が、話の腰を折りかける。庭の桜の木のツクツクボウシがかましい。やたら力の限り叫んでいる。短い夏を嘆いているのかも知れぬ。

「いいえ、苦になりません。セミでもなんでも、自然の音は大好きです。雷が鳴っても喜ぶので、変な子だと母に笑われてました」

衣月さんも気配りの優しい子なんだ、と思う。ばあさんは早く引っ込んでいて欲しいのだ。

——K岳は、広大な笹原の広がる高原なんです。私の大学時代の友人と、奈々子さんの同じような友達と、確か十二名でしたかキャンプに行きました。標高が千八百メートルもあるところですから、男連中が不用意に炊いたご飯が「ごっちん飯」になってひどいものでした。奈々子さんが、水とお酒を入れて食べられるようにしてくれたものです。

夜が更けて、明るく大きな月が出ました。初めみんなで歌などうたっていたのですが、いつの間にか奈々子さんと二人だけで切り株に座っていました。ほかの連中は、傍のテントの中でトランプかなんかで騒いでいました。

奈々子さんは、自分の生い立ちを話してくれました。おかあさんと見たあのくすのきのこと、小学校入学のとき、正門のところで転んだこと、おじいさんおばあさんの、厳しいところもあったけれど優しかったこと、随分たくさん話してくれました。私は自分の生い立ちが虚しく感じられたほどです。私の両親は実直な百姓で真面目一本でしたが、それがなぜか私には面白くない、そう感じながら育って来たのです。苦労知らずで育ったのでしょう。親が真面目なだけで平凡というのは、いまから考えると子供に取っては重大な問題なんですね。もちろん悪人であっては困りますが、親だけが勝手に完結した生活では、一種の劣等感につきまとわれていたような気がします。いや、これは脱線です。

木の株の切り口が小さかったものですから、あなたにこんな話も気が引けますが、奈々子さんのお尻の温かみが私に伝わって来ました。ほんわかと幸せな気分になったものです。とにかくお月さんが綺麗でした。ふと見上げたとき、ごく薄い雲が月の前をよぎっていました。「衣《きぬ》のような雲だわ…」と奈々子さんがつぶやいたのを覚えています。

(ここまでしゃべって私ははっとした。思わず衣月さんを見た。なんということだ、気づかなかった——衣のような雲、そして月——衣月さんは、変わった素振りも見せず聞いている……)

随分長い間そうしていましたので、なにかのとき触れた奈々子さんの髪が、夜露に濡れているのが分かりました。

それだけ心の中を開いて話してもらったのですが、私の方は一体どう答えていたのか、やはり経験の少ない若さというのは無残なものです、響き返す財産がないんですね。素直に話を聞いていただけのようです。

最後に奈々子さんは言いました。一身上の都合で転勤希望を出しています。来春には多分実現します、さよならです、とね。――

「わたしの知らないこと、吉村先生には沢山話していたんですね」

衣月さんは、上体を僅かにずらせて小学校の方を見た。

「山から帰って、私はすっかり変わっていました。〈健全なる精神は、健全なる身体に宿る〉という言葉、衣月さんは聞いたことあります？」

「いえ、ぜんぜん」

あの頃、世界保健機関の標語みたいに唱えられていたものだった。私はこの勇ましい考えに同調して、何の疑いも持たなかった。

「なんでもローマの詩人ユベナリスとかの詩だとか。原詩の意味とは少し違うようですが、いま思えば、嫌な言葉です」

「世界保健機関といえば、国際連合の…？」

「そうです、ＷＨＯと略しますね」

健全なる児童は健全なる家庭から、などと私は信じていたのです。

「健全なる」とはどういうものか、むずかしいですよね、と衣月さんは聡明な反応を示す。この世の中で、「健全なる」とは一体いかなる状態をいえばいいのか…。

「山から帰って私の生活がすっかり変わりました。そして何カ月も経たぬうちに、しっかりとあだ名がついたのです」

「どんなあだ名が…?」

「〈なんぎよし〉の先生、というものです」

「変わったあだ名ですこと」

「ははは、まったくです。生徒たちに、〈難儀なときこそ、よしっ! と頑張るのだ〉と気合ばかり入れる先生になったんですね。おまけに吉村ですから〈難儀吉〉というわけです、ハハハハハ…」

御神籤にでも出て来そうな風情があるではないか。奈々子先生まで面白がって使っていた。

「それでわかりました、バス停の女の人、先生のこと、なんぎなんとか、と答えました」

「それです、それです、陽子のやつ…」

衣月さんは、愉快そうに笑って、

「いいじゃないですか。わたしも、これからその主義で行こうかな。苦しいときこそその人の真価が問われる、と昔からいうではないですか」

まさにそのことを、私は生徒指導の主眼としてあの日から実行したのである。

衣月さんは、ちょっと考えてから言った、

「でも、わたしの場合、〈なんぎーい、いっき〉と呼ばれそうです、ウフフフ…」

あはははは……私は思わず大笑いしてしまった。その勢いに乗って、なんとなく切り出しにくかった質問をした。

「お母さんは、いまどこにおられます？」

答えは私を驚かせた。去年の七月、蜘蛛膜下出血で突然亡くなったのだという。六十歳になったばかり。

そして衣月さんは、バッグの中から古びた一冊の雑誌を取り出し、私の方に差し出した。

「母の書棚を整理しておりましたら…。挟まれていました登山の記念写真と、その裏書きのお名前で吉村先生が分かりました」

写真はK岳登山の例のものである。雑誌はなんと『童話同人誌―きのう、きょう、あした―』ではないか。

「吉村先生の書かれた『くすのき、秋の日』、そのところに写真が挟んでありました」

やはり雑誌は届いていたのだ。遙かな昔の青春の残影とでもいいたい懐かしいもの――奈々子先生に私が贈呈したのである。

「この物語は母のことではないかと思えましたので、作者にお会いしたくて…。今日のお話で、すっかりわかりました」

この童話は、〈なんぎよし〉先生に変身できたお礼と、それまでの反省を込めて書いた奈々子さんへの詫び状なんです……とは言ったものの、真意はラブレターであった。そのことが言えない。

「懐かしいですね。私もどこかにしまってあるはずなんですが…」

手に取って、緑と黄と白の、縦に三分割された表紙を見る。それぞれに過去、現在、未来を表すと、デザインしたIが説明していたその装幀も懐かしい。

淋しげなお母さんに描いてしまって悪いですね、と詫びれば、いえいえ、そんなことはありません、母の、わたしが好きだったところ十分に出ています、と彼女は慰めてくれる。

「ところがこの作品、合評会ではさんざんだったんですよ」

三十何年か前のことをはっきり思い出す。とても子供向けの童話ではない、感傷的すぎる、現実でも非現実でもない、年寄りの書いた童話だ、とそれは酷評が集中した。

「年寄りが書いた、というのは何故でしょう？」

衣月さんの疑問に、私の記憶は明確だった。

「ものを慈しみすぎている、というのがその論拠でした」

それは確かに的を得ている批評だと、あのとき私は思った。

「逆に言えば、ものを粗末にしているのが若者ということですか…」

衣月さんは真剣な表情で訊く。

「青年は何にでも突っかかるような、敵意を抱いているようなところがあって、それが青いといわれるゆえんかも知れませんね」

と、自分の若いころを振りかえる。

あの童話は、私にとってラブレターだったのだから、そのことばかり気になって、送本してからずっと落ちつかない日々を過ごしていた。ところが奈々子先生からは、梨のつぶて、何の返信もなかった。重く、苦いままに落ちた未熟な果実なのである。

「先生、この本の発行日のことですけど…。偶然でしょうけど、母の結婚した日なんです」

えっ！　と思わず口から出かかった。それを「そうなんですか…」と、あわてずに置き換える。

衣月さんが、私の心を読んでいるふうではない。

「わたしの誕生日と一週間ほどしか違わないものですから、毎年、両方のお祝い、一緒にやっていたのです」

幸せな一家の日々が見える。

「母は、きっとこの作品、好きだったのだと思います」

衣月さんは理由をつけ加えなかった。

「ほかに、どんなもの書かれたのですか？」　いえいえ、評判は悪いし、奈々子さんからの感想も来ませんし、そのままとなりました。学校の方も忙しくなりました、私も結婚しました、生息環境の激変ですよ、と答えると彼女は明るく笑った。

衣月さんは、吹き上げて来る風の中で、『くすのき、秋の日』を黙読している。その眼差しが涼やかで若々しい。


……………………

くすのき、秋の日　　　吉村幸太

大きな、くすのきが一本、立っています。赤土の校庭に、どっしりと、立っています。山のふもとの、ちいさな小学校です。

今日は、日曜日、校庭にはだれもいません。運動会は、先週、おわりました。

山のほうから、さわさわさわと、風がおりてきます。すると、くすのきの葉っぱは、ひかりながら、おどりをはじめます。さやさやさやと、笑いながら、おどります。

それは、なんだか、くすぐったそうに見えるのです。

見ていたのは、北の国からやって来た小鳥——エゾビタキさんです。くすのきのこずえの、かれえだに、とまります。いつもの、同じえだにとまらせてもらいました。

「やあ、こんにちは、くすのきさん。また一日、休ませてください」

「おや、お久しぶり。どうぞ、ごえんりょなく。もう、すっかり秋ですね。ことしも、ニューギニアまでですか？」

「そうです。そう遠くまで行かなくても、といわれますが、やはり、ふるさとですから…」

エゾビタキさんは、大きく息をすいこみました。

カムチャッカをたってから、三週間かかりました。少しつかれています。

くすのきのこずえで休ませてもらえば、すっかり、元気になって、南の国へわたって行けるのです。

「一年生の奈々ちゃんは、元気ですか？」

エゾビタキさんは、たずねました。ことしの春のことです、北の国へわたって行くとき、くすのきで休んだ日が、入学式でした。

あの日、正門のところで、奈々ちゃんが、ころびました。地面で打った、右のすねに血がにじんでいました。

「いたーいっ！」

と、奈々ちゃんが、大声で泣いてやろうと、おかあさんを見上げたときです。くすのきのこずえにとまっているエゾビタキさんが見えました。

「あれっ、小鳥さんが見てる！」

奈々ちゃんは、おもわずさけんでいました。右のすねが痛くて、両方の目から、なみだがあふれてきても、笑いながら、おかあさんに、くすのきのこずえを指さしていました。

あの、明るい春の日から、夏が来て、台風や夕立の日日が過ぎて、いま、秋です。

「奈々ちゃんは、元気だけれど、おかあさんは、いなくなりました」

くすのきの答えに、エゾビタキさんはおどろいて、大きな目を、もっと大きくしました。

「入学式がすんで、すぐ、おとうさんとおかあさんが、りこんしました」

どうして、奈々ちゃんの両親が別れなければならなかったのか、くすのきは、そのわけは、知らないといいました。

ひとそれぞれに、毎日それぞれに、いろいろの理由があってわけがあって、みんな生きているのだから、悲しいこともうれしいことも、いろいろなんだ、とくすのきは、いいました。

奈々ちゃんは、学校から帰ると、いっしょに遊ぶ友だちがいません。どうして？　ですって——それは〈ご近所〉がないからです。いなかの、おとなりさんは、遠くはなれているのです。田んぼの上のほうや、林のはずれ、森の中などに、ぽつん、ぽつんと、おうちが建っているのです。

おかあさんがいなくなってから、おじいさんとおばあさんは、奈々ちゃんをつれて、お友だちつくりに、よく家の外に出かけます。

奈々ちゃんは、庭の草や花が好きです。道ばたの虫やカエルも、好きになりました。森の木や小鳥たちも、もちろん大好きです。それらみんなが、お友だちです。

くすのきは、いつも見ていました。そして毎年、エゾビタキさんに、奈々ちゃんの話をしました。

奈々ちゃんは、中学生、そして高校生となって、あるときとつぜん、めったに見かけることがなくなりました。遠くの町の、大学生になったのです。


あの入学式の日から、十七年が過ぎました。

おじいさん、おばあさんは、なくなりました。奈々ちゃんが、正門のところでころんだのを見たエゾビタキさんも、とっくになくなりました。くすのきにやって来るのは、あのエゾビタキさんの、こどものこども、さらにそのこども、になりました。

ある明るい春の日のことです。奈々ちゃんが、正門をはいってきました。この小学校の、先生になって帰ってきたのです。

奈々先生は、くすのきのこずえを、だまって見上げていました。エゾビタキさんは、まだ来ていませんでした。

奈々先生は、生徒たちに、とても人気があります。

ある日のことです。望遠鏡をもちだして、みんなに、のぞかせました。

「胸のもようを、しっかり見てね。縦のしまがはっきりしているのが、エゾビタキさん。ぼんやり黒いのがサメビタキさん。なんにもないのがコサメビタキさんです…」

優しいうえに、いろんなこと、たくさん知っている奈々先生——雲の名前も、風の声も、水の音も、星のお話も……なにもかも、仲よしのお友だちのことのように、うれしそうに、しょうかいしてくれるのです。

校庭のくすのきは、いつも見ていました。

放課後ひとりで、奈々先生は、くすのきを見上げにやってきます。いそがしい日は、正門のところでふりかえって、くすのきを見てから、帰ります。

くすのきは、そっと、こずえの葉っぱを光らせ、あいさつを送ります。

ことしも、秋になりました。まもなく、エゾビタキさんが、やってくるでしょう。

いつの日か、奈々先生が、かわいい赤ちゃんをつれてくるかも知れません。

校庭のくすのきは、いつまでも、どっしりと、立っています。

運動会は、来週の日曜日です。


（おわり）

…………………………


衣月さんと連れ立って、校庭のくすのきを見に行く。夏休みの校内はセミの声ばかり。教員室に寄り、断りを言って校庭に出る。二人で見上げながらゆっくり近づけば、僅かな瞬間ではあるが、奈々子先生と一緒に歩んでいる錯覚がやって来る。

眼を細めて眺め、あるときは凝視するかに、梢を見上げる衣月さんの柔らかい髪が夏の終わりの風に吹かれる。ミンミンゼミは、蓄えた意志を押し出すごとく、波状のしびれそうな声にして繰り返す。

長い年月、さまざまな出来事、それらがくすのきの下で凝縮する。

「なんぎよしの吉村です…」

幹をポンと叩いてみた。

目の前の枝は、直美が落ちて来たというあたり、あの日の奈々子先生の悲鳴まで蘇る。

時間をたっぷり吸い込んで、くすのきは立っている。今日という日も、その肥やしとなるのであろう。

『童話同人誌——きのう、きょう、あした——』はとっくに消えてしまった。しかし、題したもの自体は連綿と流れ続け、次々と子供たちを養って行く。

「くすのき、……」

幹に手を当て、衣月さんが何か言っている。

彼女の後ろ姿を見ながら私は、高原のあの月と衣月さんと、ひそかに、勝手に、結び付けておこうと決める。

きゅうりの塩漬け、いりこの煮付け

尾根の道がゆるやかな上りになった。今朝からずっと霧の中を歩いている。剣御前小屋を発ってから三時間余り、私らはまだ誰にも出会っていない。昨日から降り続く雨のため、多くの登山者は行動を取り止めたり変更したのであろう。

やがて、小降りになっていた雨があがった。辺りの明るさが急速に増して来る。頭の隅に、当初の予定通り大日平小屋まで下るのが正解だったのかも知れないという思いがよぎる。しかし奥大日岳頂上まで行ってからの引き返し、今夜は天狗平山荘泊と決めて歩きはじめた。妻と二人、このまま山上のお花畑をゆっくりたどるのも悪くはない。ただ、予想もしないものが私らを待っていた。それを旧知の間柄といっていいものかどうか…こんな山上で出会うとは。

お花畑に、最もよく目立つ黄金色の大きな花弁はシナノキンバイ、白の中心にポッと黄を落としているのはチングルマ、それらの群落に赤紫のヨツバシオガマも混じる。ハクサンイチゲも時に、白くはなやかに広がっている。

日常の生活とかけ離れた別世界の一本の道、人には出会わなかったが、沢山の雷鳥を見た。

三十羽以上だったろう、みな成鳥の大きさであった。この季節の雷鳥といえば、母子のせいぜい六、七羽連れだとばかり思っていた。

道幅が少し広くなり平たい岩が目立ってきた。このあたりで休憩がいいだろう、と思ったとき先客がいるのに気づいた。若い女性が二人いた。岩を背もたれにして仰臥している一人。その傍に、霧の壁にはめ込まれたように不動の姿勢で座っているもう一人。二人とも二十代であろうか。

「こんにちは…」

挨拶を送り、前を通り過ぎる。が彼女たちの反応はない。軽い会釈もくれなかったようだ。なぜか背筋に寒気がしたような感覚が残った。「いまごろの若い者は、こんなものか」などと心の中につぶやく。おそらく妻もそう思ったに違いない。

「あのう、すみません……」

呼び止められたのは随分離れてからだった。一人が立ち上がって霧の中を近づいて来る。

「あのう…」

なにか言いにくそうにしている。ニッカーボッカーにニッカーホース、かつてのオーソドックスな登山スタイルである。

「ここから雷鳥平までは、大分あるでしょうか?」

なんだそんなことかと思ったが、なにか他に言いたいことがあるようだ。

「何か困ったことでも?」

妻のほうがいち早く質問をしていた。

「二時間もあれば十分でしょう」

答えながら近づいてみる。仰臥したほうは身動きもしない。

「どこか調子悪いですか？」

妻はリュックを下ろし、屈み込んで訊いている。その子は、目を開いて物憂げに見ているだけである。女性特有の不調かも知れない。私は遠慮すべきなのか…。ところが立っている子が意を決したように私に向かって言った。

「実は、ここまでは元気だったのですが、急に体がだるくなって動けなくなったんです」

不安とも恐れともいえない表情である。

「そりゃあ、憑きものかも知れんなぁ…」

とつい口走ったものだから、

「おとうさん！」

と妻にたしなめられた。しかし私の冗談は的を得ていたのである。

熱はあるのか、痛いところは、吐き気は、しびれている部分は、食べるものは？　私らは次々と質問した。返事はみなはっきりと得られた。もちろん元気な一人を介してである。

彼女らは朝五時に大日平小屋を出発していた。三十分ほど歩いて朝食弁当を食べた。雨の中だったのと昨日からの食欲不振のせいで、小さなおにぎりを一つ、それと川魚らしいものの飴煮を少し摂っただけ。ただ途中で適宜、キャンデー類や蜂蜜を溶いたレモン水などを補給しながら体力の消耗には注意してきた。奥大日岳の頂上を過ぎ、すぐそこの、崩落している登山道を用心しながら通過、この広場についたとたん全身の力が抜けた。時刻は十時半ころだったと思うから、三十分余り途方にくれていたというのである。

私と妻は思わず目を見合わせてうなずきあった。私はこれで三度、この〈憑きもの〉に出会ったことになる。一度目は小学校五年生のころ、二度目が三年前である。

彼女たちの持っている食べ物を教えてもらう。チョコレートなど非常食類を含めて悪い装備ではない。リュックも共に四十リットルほどの容量であろう、かなり山には慣れていると見ていい。それだけにトラブルは自分たちの責任で解決しようと悩んでいた節がある。

まず、インスタント飴湯をカップに作りゆっくりと飲んでもらった。私たちの弁当から、ソーセージとゆで玉子、それに海苔で巻いたおにぎりを提供する。名前は斉藤睦美と斉藤優子、二人は従姉妹同士だった。〈憑きもの〉のついている睦美さんに、しっかり食べるよう勧める。ティーパックでポットから熱いお茶も入れる。

「よく噛んだほうがいいのでしょうか」

そばで優子さんが気をつかっている。

「とにかく沢山食べることです。あなたもね」

少し時間は早いが私たちも昼食を摂ることにした。その間に結果も出ることだろう。

私は、小学生のとき初めてこの憑きものに出会った。

夏の夜更けだった。私の育った田舎の家は、川沿いの道路端の一軒家である。入り口に声がして誰かがもたれかかるような音がした。父が引き戸を開けた。足元に、馬喰の安おじが倒れていた。村のずっと上手に住んでいる体格の頑丈な男である。その様子は泥酔しているように見えた。

「なんぞ、食べ物、恵んでやんなはいや、なんぞ食うもんないやろか」

安おじは体格に似合わぬ弱々しく苦しそうな声でつぶやいた。

「どうしなはったんじゃ、早よ、上がんなはいや」

父が促しても、安おじの体は動けないらしい。

「ドンドコ淵のカワウソに、また、とり憑かれてしもた…」

そう言うと、うめきながら敷居を枕にしてひっくり返ってしまった。

「食べもんと言いなはっても、うちは…」

母はぶつぶついいながら考えている。

あの頃のわが家は、食べ物にいちばん困窮していた時期であった。戦死せずに父親が復員して来たのはよかったものの、田畑を持たない非農家である。野原の雑草類など食べられるものは全部工夫してお腹の足しにしていた。しかしそんなものはいつでも手に入るものでもなく、毎日毎食、父母のいさかいが絶えなかった。

その頃の食事は、茶箪笥などを置いた二畳の茶の間に、弟と妹二人、寝かされている赤ん坊を横に置いて、よく座れたものだと思う。直径およそ五十センチほどの、空色をした浅く平たい鍋を囲む。琺瑯びきではあったのだろう、あちこちの傷痕は錆を吹き出していたが、唯一我が家の大きな鍋であった。その中の、ほとんどが水分だけの雑炊をかきまぜれば、底のほうからわずかばかりの米粒と麦粒が浮き上がってくる。細かく刻まれた青いものは、あくの少ない雑草などである。ヨメナなどは上等なものの部類であった。

弟や妹らには母がついでやり、私や父は自分ですくい取る。父はおたまをくるりと鍋の内側に一周させ茶碗につぐ。そのたびに母の口からいつもの小言が転がり出る。

「そんなにまた、実だけさらい取ったらいかんじゃろがな」

それほど父がすくいとりの名手だとは思わなかったが、「父ちゃんは我がことしか頭にないんじゃけん、ちいたあ、子供らのことも考えなはいや、甲斐性のないくせに、もう…」

毎度の小言と私らは黙って、白く濁った、それでも米の味は感じられる雑炊を口に運ぶ。水腹が次第に膨らんで行く。

父は必ずといっていいほど、食事の途中で小便に立つ癖があった。

「またかな、お行儀の悪いいうたらありゃへん、なんで先に行っちょかんのかな…」

母の言うことは分かるが、今思えば、小言に対する条件反射のような神経性の小便ではなかったのか。それが何年も繰り返されたのだから、父の精神が健全に安定するはずもない。まして傍で聞いている子供らにとっては言うまでもない。

そんな状態の我が家に、安おじは転がり込んだのである。土間に倒れ込んだまま、声も出さなくなった。死んだのか……そっと覗いてみる。手足がピクッ、ピクッと動いている。

「アキラ、裏へ行ってナスビとキュウリもいで来い！」

母が不機嫌な顔で言いつける。

「真っ暗じゃのに…」

私がぐずっていると、

「自分とこの庭じゃろが」

「今朝採ったばっかりじゃけん、もうあるかい」

カワウソがとり憑いたとい言うちょる時に、それにハメもおるかもしれんじゃないか。こんな闇夜に、難題言うな。

「こんまい（小さい）のでも、かまんのじゃ、安おじが死ぬかもしれんぞ」

そういうのなら父がなぜ自分で行かんのか。

「死んだら、お前のせいになるぞ…」

何でそうなるんじゃ、理屈に合わぬことを言う。腹立ちまぎれに庭に出た。目がなれてくれば、わずかにその辺が見えないことはない。やけくそ半分でもぎ取ってみる。キュウリよりもナスビのへたの棘のほうが痛い。ちくしょー！

味などがあるとは思えぬ未熟なキュウリやナスビを、安おじはばりばりと食いちぎった。キュウリはそのままでよかったようだが、さすがにナスビはだめだったのだろう。

「えらい勝手ですんまへんのう、味噌でもないじゃろか」と言った。

そんなおかずになるような上等なものはない。塩でもいいじゃろか、と父が皿の上に水気の来た湿ったのをひとつまみ出した。

それから一時間も経ぬうちに、安おじは、

「やれやれ、憑きものも逃げたようじゃ。わっしゃーこれで何回目かいの。両肩に、こうとり憑かれたら重とうて重とうて歩けんようになるんですらい。東津野村を昼前に発ったんじゃけんど、ちょっと長歩きし過ぎたかも知れんですなァ…、ハハハ」

丁寧にお礼を言って普段の足どりで帰って行った。私らも日頃、陰気なドンドコ淵には近づかないが、大人になると変な病気にかかるもんだと思いながら見送った。

「これで、明日は何をたべりゃ……父ちゃんは外づらばっかり、ええんじゃけん」

「なにいうか、へへへへ」とせせら笑う父。しかしこの出来事がもとで、後日、母に暴力を振るうことになろうなどとは思いもしなかった。


標高二、六〇〇メートルの稜線でインスタントコーヒーを入れ、クラッカーなどを頬張れば、結構満ち足りた気分になる。睦美さんたちにもコーヒーをおごる。持参のお湯はほとんど無くなった。

「奥大日までの稜線に、雪田残ってました？」

と二人に訊く。

「たしか二ヶ所ほど、北面にありました」

優子さんが答える。ならばのどが渇いても大丈夫だ。

睦美さんは、おいしいおいしいとつぶやきながらコーヒーを飲んでいる。予想どおり急激に快復している。

「もう、大丈夫だね、おかあさん」

「やはり思ったとおりね」

私がこの憑きものに二度目に出合ったのは、三年前の夏であった。飯豊山に向かう途中の、福島・新潟・山形の県境、三国岳の頂上であった。小さな岩尾根を過ぎ山頂に着いたとたん、体全体に力が入らなくなった。リュックを動かすのも不可能だった。これはどうしたというのだ。この変調はいったい何なのか。もしここで救助に来てもらうとすればどんな方法があるのだろう。熱もないようだしお腹が痛いわけでもない。ただ全身に力が入らない。情けないような気分になったそのとき、ふと馬喰の安おじのことが頭に浮かんだ。とにかく食べられるものはどんどん食べた。すると四十分ほどですっかり元気をとりもどしたのである。

帰宅後調べて分かったことだが、山の専門書に〈しゃりばて〉と出ていた。胃の中にものが入っただけで不思議と元気になる、とあった。全くそれは憑きものが落ちたというほか言いようのないものであった。

安おじはカワウソの日から何日か経ったある日、お礼だといって、米を一升だか二升だか母に渡して帰ったらしい。それから間もなく、父は母に手を振り上げたり小突いたりするようになった。その様子から判ったのは、安おじと母の間に何かあったに違いない、と父が思い込んでいるのであった。母の口から出る小言の上に、父の無言の暴力がわが家に住みつくことになった。妹や弟の守りをさせられるのも嫌ではあったが、それ以上に家にいたくなかった。どこにいても、ひもじいのは同じだ。可能な限り野山に出て過ごした。母のヒステリーは嵩じるばかりである。持ち主がはっきり判るもの以外、私は山野の木の実、草の実をあさって食べた。

母の、勝気でヒステリックな性分はそのとき始まったことではない。

それが何歳ころだったのか、自分でもどうしても思い出せない。まだ学校に上がる前だったのかも知れない。元庄屋の家の田植えの日だった。地区総出で二日ほど、あるいはもっとかかっていたのかもしれないが、近所の者はその手伝いに出る。打ち上げの日は全員、夕食をその家でいただく。母ももちろん手伝っていたので私も呼ばれたのだと思う。広い座敷の上がり框のところで、皿に盛られたお寿司を食べた。皿に残り少なくなると、

「アキラちゃん、はい、出して、お替わりね」

と近くのおばさんたちがついでくれるのだ。日頃、非農家の子供たちが飢えていることが誰の目にも明らかだった。目の前の大きな盥のようなはんぼう（飯櫃）には山のようにお寿司が盛ら

れていて、いくら食べても減っていく気がしなかった。二、三度、母が近づいてきて私の尻のあたりを張りまわした。そのたび、

「まあ、晴美さん、いいじゃないですか、せっかくですのに…」

とおばさん連中が笑いながらとりなした。私は何杯お替わりしたか覚えていない。悲劇はその晩、家に帰ってからであった。母は徹底的に私をどやしつけた。

「あんなめんどしい（はずかしい）ことはない、もう死んでしまいたいほどじゃ！　一緒に死んじゃろか！」

私の身体中ところかまわず平手でたたき続けた。私の泣き声は川向こうの、今の妻の家まで届いていた。

その日のことを妻ははっきり覚えていた。彼女のお母さんが、「かわいそうに、かわいそうに…」と、いつまでもうろうろして落ちつかなかったらしい。その日は、彼女のお母さんの持ちかえった一皿のお寿司を、家族六人で、いやお母さんを除く五人で分け合って、一粒もこぼすことなく、一かけらも残すことなく食べたのだそうだ。おいしかった。何年かのちにお母さんが言ったことを、妻はときどき口にする。

――「田舎の非農家は大変じゃった。まわりの者みんなが、一緒にひもじい目に遭うのじゃないけんの…、非農家は、食うもんがのうて、農家で飼われちょる牛や豚よりなんぼか哀れじゃった…」

妻の家も非農家だったのである。

その家の裏手に、一つか二つ年下の女の子がいた。綿入れの着物を着ていたから冬のことだったろう。確か道にうっすら雪が積もっていたと思う、と妻は言う。寒いはずなのに、どういうわけか窓に突き出た手摺りのところにお皿などを持ち出して、その子がご飯を食べていた。妻は外から手摺りにもたれて間近で見ていた。鰯のような魚をほぐして、その本当に小さな、ほんのマッチ棒の先くらいの身を箸でゆっくり挟んでいるその子の、その魚の身のところだけがいつまでも網膜から消えない。黙って手摺り越しに見ていたあの日が何年経っても鮮明に浮かんでくる。おそらく幾度も幾度も唾を飲み込んでいたに違いないだろうと。

私にも、忘れられない一日がある。

一年生になってから初めての遠足の日だった。そのことははっきりしている。堀切峠を越えて隣村のお宮までの行程。初めて見る景色や日頃見なれない集落にみんな興奮し浮かれていた。河原で弁当を開くことになった。丸い石に腰を下ろし、母の作ってくれた弁当を開いた。ご飯やおかずの他に、めったにお目にかかれない白い大きな饅頭が二つも入っていた。いきなり私は、なんともいえない重い気分におそわれた。母は無理をしている。その饅頭は、甲斐性なしの父ちゃんがと毎日愚痴っている母と、そして私ら弟妹の日常からあまりにかけ離れていた。今日、どうして私がこんなものを食べることが出来るのか。遠足のこの日だけを私は生きているわけではない。この饅頭は私にふさわしいものではない――〈なさけない〉、そのような感情は、小学一年生でも抱けるものなのだろうか、と今でもどきどき思い出す。思えば、母の見栄のようなものを感じとっていたのであろう。

六十年近く経った今でも、饅頭を見るたび、怖くはないが、白い石ころの河原の、あの日の感情をまともに呼び起こしてしまう。学校という集団生活を送っているあいだじゅう、私の心底に流れていた根っこのものは、暗くしぶとい翳のようなものだった気がする。――

睦美さんはすっかり明るい顔をしていた。食べ物を摂り始めてから一時間近く経っただろうか。

「わたし、どうしたのでしょうね、病気だったのでしょうか?」

彼女は狐につままれたといった表情で訊いた。

私と妻は〈しゃりばて〉の話をした。カワウソの件は言わなかったが、三国岳山頂で私自身経験したのだと説明した。

「でも、行動中、水分や甘いものの補給など気をつけて来たつもりですけど」と睦美さん。

それは私も同じだった。しかし蜂蜜レモン水にしろ飴玉にしろ、カロリー量としてはごくわずかだ。それがかえって味覚だけでごまかしているようなもので落とし穴かも知れません――。

二人は、考え込んでいる。無理もない。食べ物が胃の中に入ったという時点で元気が出てくるという、そんな不可思議なことは科学的な論理からは納得出来かねるといっていい。だからこそそれを超えた存在なのだ。昔の人の話や言い伝えなど、物の怪にとり憑かれたり化かされたりというその幾つかは、この〈しゃりばて〉だったんじゃないでしょうかね、と言ったら、ますます分かり難いという顔をされてしまった。

睦美さんと優子さんは、二人とも横浜のK大学の大学院生、専攻は環境生態学です、と自己紹介し私らの名前を尋ねた。氏名を告げ、愛媛県から、年に数回山歩きに来るのだと話す。

「わァ、雷鳥！」

突然優子さんが小さく叫んで指さした。登山道の向こうの窪みから続く斜面が少し盛り上がったところ、親鳥だろう一羽、首を伸ばしてこちらを見ていた。クックッと小さな声を出している。見ればハクサンイチゲの花畑の中に雛たちが数羽動いている。ピヨ、ピヨとひよこのような声も聞こえる。徐々に斜面を降りてくる。

「可愛いねェ」

みんな、頬がゆるむ。

そのとき、風呂敷のようなものが空から落ちてきた、と思ったがそれは茶色っぽい鷹であった。いきなり一羽の雛をつかみ捕り、わしづかみのまま舞い上がった。「キャッ！」とも「ワッ！」ともとれる悲鳴を若い二人があげた。思わず私も身を引き締めるほどの声だった。その喚声に驚いたのだろうか、鷹はポトリと獲物を落とした。「うわっ」とまた二人が叫んだ。二十メートルほど向こうの登山道で、雛は立ち上がろうとしているのか何度もころりん、ころりんと転がっている。睦美さんが走り寄っていった。とっさに私は「そのまま！」と言葉が出かけたのだが口をつぐんだ。

「睦美！　触らないほうがいいんじゃない！」

叫んだのは優子さんだった。

雛は、よたよたと危うげな歩みで高山植物の中に入っていった。クックッという親鳥の声が聞こえるようでもあったし、耳を澄ましても聞こえないようでもあった。

「でも、あれはチョウゲンボウだったよ確か。彼の宿命だからね、巣ではきっと、子供たちがお腹空かして待ってるはずよ」

かわいそうに、かわいそうに、としばらく睦美さんはつぶやいていた。

優子さんがなぐさめている。生態系や食物連鎖のことは、彼女たちの専門であろう。

「子供を育てるというのは、殺生を重ねることですからね」

妻は、彼女たちには聞こえない小さな声で言った。

槍ヶ岳の殺生小屋に泊まった晩、グループの七人で、人間の殺生について話題にしたことがある。日々殺生を繰り返して生きている人間でありながら、その自覚の全然ない時代になってしまった。それは分業化による代理殺戮のためだ、という結論だった。自分の手で絞め殺したり、刺し殺したり、殴りつけたりして食料を得ているわけではない。しかし毎日誰かがやっていることに違いはない。わたしらは南無阿弥陀仏も、頂きますも唱えることなく、おいしい肉を食い散らす、

——と、あの小屋の名物「わらじのようなカツ」を肴にしての話だった。

私は、同級生七、八人と先生とで豚を押さえ込み、出刃包丁で刺し殺したあの日のことを思い出さないわけにはいかない。

その豚は、中学校の豚小屋で真冬の夜中二時頃、私らが産婆代わりを務めてとりあげてやったものの一頭であった。

あまりに寒い夜だったから、母豚の真上の天井裏のような板の間に、藁の中に潜るようにして交代で詰めていた。他の者は宿直室で炬燵に入り、ごろ寝して待っていた。豚小屋の強烈な臭いは、鼻が馬鹿になるのか数分で感じなくなる。

ふと目が覚めて懐中電灯で照らし出したとき、既に一頭産まれてしまっていた。早くとり上げてやらなければ母豚の下敷きになって怪我をしたり、死んでしまったりするのだ。あわてて先生たちを呼びに走る。十分に一回くらいの間隔で子供が産まれてくる。「ブイッ」というおならに似た音と共にとび出してくる。母豚は苦しそうにうめきながら、およそ十二、三頭を産む。後産が出るまで二時間余りつきっきりでとり上げる。寒さで手が凍えそうなのを豚の体温で温めているようなところもある。丁寧に布で体を拭いてやれば、ビロードのような銀色の細かい毛を光らせた、綺麗な子豚の出来上がりだ。

冬休みや夏休み、そして農繁期の休みの間は、交替で登校し家畜当番を務めなければならない。四、五人でチームを組み、豚、山羊、鶏などの給餌を行う。豚の餌は大釜に野菜屑や丸麦、さつまいもなどを炊き込んで作る。誰が考え出したのか、餌の材料の中から腐りかけていないさつまいもを数個、厚く切ってくどの火で焼く。鶏舎の卵は「当番日誌」の前日までの数に照らし合わせ、怪しくない程度を取ってやかんで茹でる。全チームにまたたくまに広がった〈秘法〉であった。落とした豚は、青年という年頃であったろう、いやまだ少年だったかも知れない。小型のものでなければわたしらの手にはおえなかったのである。農業の実習との名目はあった。それに理科の先生が興味を示し、注文も多かったが、全体としては、当番組の慰労会の意味合いが強かった。さばいて豚汁を作るために、女生徒を含め全校の先生方が待機していた。妻も包丁を研いで、まな板持って待っていた組らしい。

豚舎の裏手の土の上に、無理やり引き倒し足を縛り上げた。数人がその上に乗りかかり悲鳴をあげるのを押さえつける。農業科のS先生が出刃包丁を手にして首の近くに乗っかった。暴れる豚に振り回され鋭利な包丁がちらちらして危なくてしょうがない。

「しっかり押さえちょれ！」

先生の顔には血の気がなかった。卒倒するのじゃないかと、一番そばにいた私は身構えたほどだ。豚の悲鳴が大きく耳が痛い。人間の側も口々にわめいている。先生が、震えながら喉と胸の境界あたりをさぐる。左手をそえ、切っ先を垂直に刺し下ろす。次いで刃の方向に寝させるように力を加える。すーっと切り口が広がる。血が噴き出る。鳴き声が「キーッキーッ」から「ブイーッ、ブイーッ」に変わっていく。やがて「ブガー、ブガー」となって音を発しなくなった。しまいのほうは胸の傷口から血と一緒に声が漏れてきた。白いまつげのめだつ小さな目を剥いだままおとなしくなった。

「なんまいだァ、なんまいだァ」

後ろのほうで誰かがつぶやいている。皆で上から力を加え、体内の血液を搾り出す。解剖したとき調べてみると、切っ先は見事にこぶし大の心臓を刺していた。

私の担当部位は頭部だった。台の上に乗せ、まず正面から眺める。恨めしそうな顔はしていない。むしろ笑っているかのように見えた。頭蓋骨は鋸でひかなければ処理できない。脳味噌を傷つけてしまい嫌な臭いが広がった。脳の皺はかなり滑らかで、豚はこんなものかと相棒と変なところに感心した。理科の先生はあちこち走り回ってメモなどを取っていた。

夕方には、食べきれないほどの豚汁が出来上がった。先生も、男子女子生徒も一緒になって宿直室で賞味した。こんな美味しいものがあるのかと、口には出さなかったが胸のうちにつぶやきながら食べた。

今やあの頃とは比べものにならない数の、牛や豚の悲鳴が聞こえる。いったい誰が、どのようにして〈殺戮〉を担当しているのであろう。

ふと私は、若い二人に質問をしたくなった。

「斉藤さんたち、〈ひもじい〉という言葉知ってますか?」

妻は何を言いだすのかといった顔でこちらを見た。

「ひもじい、ですか。聞いたことあるようですけど…、睦美、知ってる?」

「わたし、知らない。えーと、ヒモになって生活しているじいさんのこと…？」

えーっ。私も妻も吹き出してしまう。

「私のような者がヒモになってるという……いや、なんともなんとも」

私たちの子供時代のようにいつもお腹を空かしている状態、いみじくも〈餓鬼〉と呼ばれたものだ——「ひだるい」の変化した、由緒正しい宮中の女官たちの〈女房ことば〉から来ている、と説明したら二人は驚いていた。

その頃、わたしのようにばてる人は多かったのですか、と睦美さんが訊くので、それどころかかつては、脚気、栄養失調、肺結核など、そのままあの世に行ってしまう人が少なくなかった。物の怪も、憑きものも、今では平地の〈生息環境の悪化〉でこんな山の上にだけ住むようになったのかも知れませんね、と答えれば、

「もってまわった、分かりにくい説明ですこと」と妻にけなされた。

「わたしたちの勉強しなければならない分野ですね…」

彼女らは顔を見合わせて笑った。

二人に別れ、尾根道をたどる。

「おとうさん、わたしたちが一緒になったきっかけも、弁当でしたね」

中学を卒業して、二人とも地元の定時制高校に入った。週のうち月・火・水だけ授業があり、

後は家の農作業を手伝えとの仕組みであった。非農家の生徒には何の意味もない。「土壌と肥料」とか「作物」とかいう科目ばかり。「国語」「社会」も週に一、二時間はあったようだが、本校から来る国語教師は、君たちは何も卑下することはない、などと勝手に決め込み説教を繰り返して時間を潰し、ほとんど授業の本題に入らなかった。こんな分校に派遣される我が身をこそ卑下しているのではないのか、と思ったものだ。

私ら二人は教科書代の集金係をやらされていた。何円何十銭という単位だから手間のかかることおびただしい。

その事務打ち合わせをしながらの昼食、学校裏のお不動さんの縁側で二人並んで弁当をひらいたことがある。そのころはしっかりと麦飯が入ってはいたが、おかずは毎日といっていいほどキュウリの塩漬けだけだった。その日、たまたま大きないりこの煮付けが三匹も入っていた。煮付けといっても単なる出し殻に過ぎなかったのではあるが、私は黙って一匹を彼女のご飯の上に載せたのである。私自身はすっかりそのことを忘れていた。

国語教師の授業も嫌だったが、教科書代集金のような雑用をやらされること、農業中心の勉強は非農家の私らには豚に真珠、というよりも当て付けみたいなものであり、そんなこんなで、親の反対を押し切って半年で中退した。

松山市の運送会社に就職、勤務の傍ら定時制夜間高校に通った。ある夜、通学路で彼女、すなわち現在の妻にばったり出会った。彼女も私の後を追うように市内の私立女子高校に転校していたのだった。

二人は、道後温泉前の食堂で一杯十二円のすうどんを、おいしいおいしいとささやき合って食べた。薄いかまぼこが二枚、ねぎ少々が載っかっているだけの、しかしいい味のものだった。

「あのいりこ一匹のおかげですね、ずっと忘れられなかったんですから…」

私らの娘と息子も、ともに山好きに育ってしまった。山菜で育てたからだ、という説がもっぱら有力である。

「今夜の天狗平山荘、どんなご馳走だろうね。ビールも一本つけてね……」

「わたしもお相伴しますよ。結構なことですね、遊んでてご飯が出来てるなんて」

奥大日岳山頂手前の崩落箇所が見えてきた。これはなかなかのものだ。斉藤さんらが「やばい所」といっただけはある。急斜面全体が一斉に称名川の谷に崩れ落ちている。深く考えると足が出なくなる。最上部近くの草付きに、わずかに足場を選んだ踏み跡が延びている。その一つ一つをたどって行くほかない。霧の谷底から水音が響くばかり。

「落ちたら命はないね、気をつけて行こうぜ、おかあさん」

「了解、合点ですよ、おとうさん」

あとがき

二〇〇五年に四百字詰原稿用紙で六〇〇枚ほどの『鳥類観察人間学』と題した原稿を書き上げました。ある大手出版社の編集者にお世話になり、最終会議まで行きましたが、結局出版できませんでした。一九六七年、日本野鳥の会会員となって以来の鳥類との付き合いをもとにした「野生鳥類を観察していると人間の暮らしが見えてくる」というコンセプトの内容のものでした。例えば「少子化社会と生物ホルモン」「貧困や格差社会と縄張り」「自給自足の暮らしと相互扶助の仕組み」など、ヒトと鳥類との比較や関連を説きました。あわせてバードウォッチングの技法なども取り入れました。

その後、六〇〇枚を三〇〇枚足らずに改稿するとともに、内容の検討を十年間ほど続けました。しかしいつまでも満足の行かない状態が続きます。自分ではユニークで実用的なものだと思えるのですが、全体として〈校長先生の訓話〉のような印象を受けてしまうのです。

いまや、子供とか孫たちは、年寄りから距離を置く時代になりました。年配者が体験から得た知恵などというものは、手っ取り早いWeb検索に負けてしまいます。伝承されるべきものは〈世界文化遺産〉とか〈無形文化財保護〉などと、制度上の仕組みで守られるほかなくなった感があります。年配者はＩＴ時代の進展に取り残されなければまだいいとしなければならない有様です。How to ものも巷にあふれています。しかも細分化・専門化され充実しています。ふとそれらに気付いた日に思いついたのです。目指しているものは自分に向かってこそ訴えるべきなのではないのか。

それで思い出したのが、二十年ほど前から書きためた四十篇ほどの創作―短編小説です。目を通してみました。結構楽しいではないですか。自分の感情・感性に訴えかけるものとして、自己満足や自画自賛の可能性もありますが、何度も読み返せます。ここに収めたものは、そのうちの自選八編です。

思えばさまざまな人々や出来事に出会ったものです。またその多くの友人知人が鬼籍に入りました。もう少し早く上梓して読んでもらいたかったと思っています。

二〇一六年秋

初出一覧

「墓場の薔薇」　『原点』六十五号　一九九五年十一月二十日発行
「六月の表札」　『原点』六十四号　一九九五年七月二十日発行
「千鳥発ち…」　『原点』八十五号　二〇〇二年十月十日発行
「椎の葉」　『原点』八十号　二〇〇一年二月二十日発行
「天魚に泳ぐ」　『原点』八十七号　二〇〇三年九月二十日発行
「鶯谷を帰る」　『原点』八十八号　二〇〇四年二月十日発行
「くすのき、秋の日」　『原点』七十一号　一九九七年十一月三十日発行（くすの木に）
「きゅうりの塩漬け、いりこの煮付け」　『原点』八十六号　二〇〇三年三月二十日発行

【参考付記】


『文學界』（株式会社文藝春秋）で取り上げられたもの
「墓場の薔薇」　一九九六年三月号「同人雑誌評」

（なお、一九九六年六月号で、「上半期優秀作」五編のうちの一つに選ばれた）

「六月の表札」　一九九五年十月号「同人雑誌評」

「きゅうりの塩漬け、いりこの煮付け」　二〇〇三年五月号「同人雑誌評」

『海燕』（株式会社福武書店）で取り上げられたもの。

「六月の表札」一九九五年十月号「同人雑誌評」

※なお、文芸誌『原点』同人会は二〇一五年二月二十八日、発足から満五十年をもって解散いたしました。

著者略歴

泉原 猛　いずはら たけし

1935年（昭和10年）8月23日

愛媛県東宇和郡土居村(現・西予市城川町土居)生まれ

1951年（昭和26年）

愛媛県立野村高等学校土居分校入学・同年中退

1952年（昭和27年）4月

電気通信省(現・NTT)職員訓練所入所、12月卒業

1957年（昭和32年）　愛媛県立松山南高等学校(定時制)卒業

1972年（昭和47年）12月

アメリカコネチカット州 Famous Artists School、コマーシャルアートコース(通信教育)卒業

1994年（平成6年）7月　NTT退職

ホームページ　http://izu.dee.cc

「身近なバードウォッチングと自然の楽しみ」

〔所属・その他〕

日本野鳥の会（1967～）／日本自然保護協会（1968～）／日本鳥類標識協会（1989～）／日本鳥学会（1996～）

『あなたの出会った鳥、出会う鳥』（愛媛県文化振興財団 1986）編集

『愛媛の野鳥観察ハンドブックーはばたきー』（愛媛新聞社 1992）総括担当

泉原猛作品集
墓場の薔薇《しょうび》
2016年11月17日 発行　定価＊本体価格1600円＋税
著　者　　泉原　猛
発行者　　大早　友章
発行所　　創風社出版
〒791-8068 愛媛県松山市みどりヶ丘9－8
TEL.089-953-3153 FAX.089-953-3103
振替 01630-7-14660 http://www.soufusha.jp/
印刷　㈱松栄印刷所　　製本　㈱永木製本
 ISBN 978-4-86037-238-5